Johann Nestroy

Der Zerrissene

Posse mit Gesang in drei Akten
Musik von Adolf Müller

Mit einem Nachwort
von Otto Rommel

Philipp Reclam jun. Stuttgart

Umschlagabbildung: Szenenbild mit Nestroy als Herr von Lips und Wenzel Scholz als Gluthammer (III,9). Nach einem Holzschnitt eines unbekannten Künstlers, 1844

RECLAMS UNIVERSAL-BIBLIOTHEK Nr. 3626
Alle Rechte vorbehalten
© 1959 Philipp Reclam jun. GmbH & Co. KG, Stuttgart
Satz: Schwend KG, Gaildorf
Druck und Bindung: Reclam, Ditzingen
Printed in Germany 2010
RECLAM, UNIVERSAL-BIBLIOTHEK und
RECLAMS UNIVERSAL-BIBLIOTHEK sind eingetragene Marken
der Philipp Reclam jun. GmbH & Co. KG, Stuttgart
ISBN 978-3-15-003626-6

www.reclam.de

PERSONENVERZEICHNIS

Herr von Lips, *ein Kapitalist*
Stifler ⎫
Sporner ⎬ *seine Freunde*
Wixer ⎭
Madame Schleyer
Gluthammer, *ein Schlosser*
Krautkopf, *Pächter auf einer Besitzung des Herrn von Lips*
Kathi, *seine Anverwandte*
Staubmann, *Justitiarius*
Anton ⎫
Josef ⎬ *Bediente bei Herrn von Lips*
Christian ⎭
Erster ⎫
Zweiter ⎬ *Knecht bei Krautkopf*
Dritter ⎪
Vierter ⎭

Gäste, Bediente, Landleute

Die Handlung geht im ersten Akt auf dem Landhause des Herrn von Lips vor. Der zweite und dritte Akt spielt auf Krautkopfs Pachthofe um acht Tage später.

Erstaufführung auf dem Theater an der Wien am 9. April 1844.

ERSTER AKT

Die Bühne stellt einen eleganten Gartenpavillon vor. Im Prospekte rechts und links Türen, zwischen beiden in der Mitte des Prospektes eine große Glastüre, welche nach einem Balkon führt. Seite links Glastüre, Seite rechts ein Fenster. Durch die Glastür, welche auf den Balkon führt, hat man die Aussicht in eine pittoresk-gigantische Felsengegend. Rechts und links Tische und Stühle. Hinter der Mitteltüre rechts ein Ruhebett.

ERSTE SZENE

Anton, Christian, Josef kommen durch die Türe links aus dem Hintergrunde vor.

A n t o n *(zu Christian und Josef, welche jeder drei Champagnerbouteillen tragen).* So, tragt sie nur hinein, 's werden nicht die letzten sein! Wenn die einmal ins Trinken kommen —
J o s e f. Is doch ein guter Herr, was der für seine Gäst' alles springen laßt.
C h r i s t i a n. Wer sagt denn, daß er nur für die Gäst' g'hört? Er trinkt schon selber auch sein honettes Quantum.
J o s e f. Und is doch immer so übel aufg'legt dabei; unbegreiflich bei *dem* Wein!
A n t o n. Das versteht ihr nicht! Er hat ein zerrissenes Gemüt, da rinnt der Wein durch und kann nicht in Kopf steigen. Jetzt kümmerts euch nicht um Sachen, die euch nix angehn, und schauts zum Servieren!
C h r i s t i a n *(indem er mit Josef abgeht).* Ein zerriss'nes Gemüt mit *dem* Geld!
J o s e f. 's is stark!
(Beide in die Türe nach dem Speisesalon, Mitte rechts, ab.)

ZWEITE SZENE

Anton; dann Gluthammer und ein Bursche, der einen Teil eines eisernen Geländers trägt.

An t o n *(nach dem Balkon, Mitte des Hintergrundes, sehend).* Wenn s' nacher herauskommen, die ganze G'sellschaft, und der Herr sieht, daß die Altan' noch kein G'länder hat, da krieg ich wieder d' Schuld.

G l u t h a m m e r *(tritt durch die Mitteltüre links herein und trägt mit Anstrengung ein eisernes Balkongeländer; ein Bursche, der einen Teil des Geländers trägt, kommt mit und geht, nachdem er es auf den Balkon gestellt hat, sogleich ab).* Meiner Seel', so ein eisernes G'länder wägt über sieben Lot.

A n t o n. Na, endlich! Ich hab schon glaubt, der Herr Gluthammer laßt uns sitzen.

G l u t h a m m e r. Von unserm Ort bis da herüber is 's über a halbe Stund', wenn man leer geht; jetzt, wenn man so ein G'wicht tragt und a paarmal einkehren muß, da is a halber Tag weg, man weiß nicht, wo er hin'kommen is.

A n t o n. Ja, das Einkehren, das hat mich auch schon oft in der Arbeit geniert.

G l u t h a m m e r. Wir werden gleich fertig sein. *(Öffnet die Balkontüre, tritt hinaus und stellt das Geländer auf.)*

A n t o n. Nicht wahr, das is völlig schauerlich, wenn man über die Altan' ins Wasser hinunterschaut?

G l u t h a m m e r. 's Wasser is halt immer ein schauerlicher Anblick.

A n t o n. Und was 's da draußt für ein' Zug hat!

G l u t h a m m e r. Mir scheint, von dem Zug hat der Fluß so 's Reißen kriegt, das Ding schießt als wie a Wasserfall.

A n t o n. Ich hätt' eher das Fenster, was da war, zumauern lassen, unser Herr aber laßt's zu einer Tür ausbrechen und eine Altan' baun, wegen der Aussicht! Lauter so verruckte Gusto!

G l u t h a m m e r. So, jetzt werden wir gleich — *(fängt an tüchtig draufloszuhämmern).*

1. Akt, 3. Szene

Anton. Aber, Freund, was fällt Ihm denn ein, so einen Lärm zu machen! Da drin is Tafel!
Gluthammer. Ja, glaubt denn der Mussi Anton, ein eisernes Geländer pickt man mit Heftpflaster an?
Anton. Da darf jetzt durchaus nicht klopft werd'n!
Gluthammer. Na, so lassen wir's halt derweil stehen, bis später. *(Läßt das unbefestigte Geländer auf dem Balkon stehen und verläßt denselben.)*
(Man hört im Speisesalon, Mitte rechts, den Toast ausbringen: „Der Herr vom Hause lebe hoch!")
Gluthammer. Da geht's zu! Ihr müßts einen recht fidelen Herrn haben.
Anton. Seine Gäst' sein fidel, aber er — keine Spur! Ich muß jetzt nachschaun, ob s' kein' frischen Champagner brauchen. *(Geht in den Speisesalon, Mitte rechts, ab.)*

DRITTE SZENE

Gluthammer; dann Kathi.

Gluthammer *(allein)*. Die reichen Leut' haben halt doch ein göttliches Leben. Einen Teil vertrinken s', den andern Teil verschnabulieren s', a paar Teil' verschlafen s', den größten Teil verunterhalten s'! — Schad', ich hätt' zum Reichtum viel Anlag' g'habt; wenn sich so ein Millionär meiner ang'nommen hätt', hätt' mich ausg'bild't und hätt' mir mit der Zeit 's G'schäft übergeben — aus mir hätt' was werden können.
Kathi *(tritt zur Mitte links ein)*. Da werd ich den gnädigen Herrn finden, haben s' g'sagt. *(Gluthammer bemerkend.)* Das is ja — is's möglich!? — Meister Gluthammer —!?
Gluthammer *(Kathi betrachtend und seine Ideen sammelnd)*. Geduld — ich hab noch nicht den rechten Schlüssel zum Schloß der Erinnerung.
Kathi. Ich bin's — die Krautkopfische Kathi!
Gluthammer. Richtig — die Kathi! Na, was macht denn mein alter Freund Krautkopf?

K a t h i. Was wird er machen? Bös is er auf 'n Meister Gluthammer, daß er sich seit anderthalb Jahren nicht bei ihm sehen läßt, und da hat er recht! Pichelsdorf is doch nur vier Stund' weit von der Stadt.

G l u t h a m m e r. Ich bin ja nicht mehr in der Stadt. Aber wie kommt denn die Jungfer Kathi da her? G'wiß das Pachtgeld vom Freund Krautkopf dem gnädigen Herrn überbringen?

K a t h i. Muß denn ich nur Gäng' für n' Herrn Vettern machen, kann denn ich nicht meine eig'nen Angelegenheiten haben?

G l u t h a m m e r. Freilich! Ich kenn der Jungfer Kathi ihre Angelegenheiten nicht.

K a t h i. Um eine Zahlung handelt sich's aber doch, das hat der Meister erraten. Der gute gnädige Herr von Lips — er hat mich aus der Tauf' gehoben —

G l u t h a m m e r. Das kann so schwer nicht g'wesen sein —

K a t h i. Meine Mutter hat einmal gedient im Haus, wie noch der alte Lips, der Fabrikant, g'lebt hat. Wie dann der junge Herr die vielen Häuser und Landgüter gekauft hat — das Pachtgut vom Vetter Krautkopf war auch dabei — da haben ich und meine Mutter uns gar nicht mehr in seine Nähe getraut als noblen Herrn, aber — *(traurig)* vor drei Jahren — wie's uns gar so schlecht gangen is, die Weißnähterei wird zu schlecht bezahlt —

G l u t h a m m e r. Wie überhaupt die weiblichen Arbeiten; wenn man selbst Marchandmode war, kann man das am besten beurteil'n.

K a t h i. Das wohl, aber ein Schlossermeister wird da nicht viel davon verstehn.

G l u t h a m m e r *(seufzend)*. Oh, ich war auch Marchandmode!

K a t h i. Hör'n S' auf mit die G'spaß!

G l u t h a m m e r. Nein, 's is furchtbarer Ernst, ich war Marchandmode, im Verlauf der Begebenheiten wird dir das alles klar werden.

K a t h i. Da bin ich neugierig drauf.

G l u t h a m m e r. Erzähl nur erst deine G'schicht' aus.

1. Akt, 3. Szene

K a t h i. Die is schon so viel als aus. Wie's uns so schlecht gangen is und d' Mutter war krank, da bin ich zu meinem gnädigen Herrn Göden und hab hundert Gulden z' leihen g'nommen; er hat mir's an der Stell' geben und hat g'lacht, wie ich vom Z'ruckzahlen g'red't hab! Meiner Frau Mutter hab ich aber noch auf 'n Tot'nbett versprechen müssen, recht fleißig und sparsam zu sein und auf die Schuld ja nicht zu vergessen; und das hab ich auch g'halten. Ich bin nach der Frau Mutter ihr'n Tod zum Vetter Krautkopf kommen, da hab ich gearbeitet und gearbeitet und gespart und gespart, und nach dritthalb Jahren waren die hundert Gulden erübrigt! Jetzt bin ich da, beim Herrn Göden Schulden zahl'n.
G l u t h a m m e r. Schulden zahl'n —?! An so was denk ich gar nicht mehr.
K a t h i. Wie kann der Meister so reden als ordentlicher Handwerksmann und Meister?
G l u t h a m m e r. Meister? Ich bin seit fünf Monaten wieder G'sell' und nur mit Krebsaugen blick ich auf meine Meisterschaft zuruck.
K a t h i *(erstaunt und mitleidsvoll)*. Is's möglich!
G l u t h a m m e r. Wenn man Marchandmode war, is alles möglich.
K a t h i. Das is aber das Unbegreifliche —
G l u t h a m m e r. Im Verlauf der Begebenheiten wird alles klar. Ich hab mich verliebt — jetzt wird 's bald zwei Jahr', in eine Putzerin, in eine reine, schneeblühweißgewasch'ne Seele.
K a t h i *(mit gutmütiger Ironie)*. Und aufs Waschen scheint der Herr große Stück' zu halten.
G l u t h a m m e r. Hab es noch keinen Samstag unterlassen. Daß ich also weiter sag: sie hat mich ang'red't, ich soll ihr d' Marchandmoderei lernen lassen. Ich hab sie also gleich in die Lehr' geb'n, und in kurzer Zeit hat sie alles in klein' Finger g'habt — was man nur von einer Mamsell wünschen kann — und so war sie Mamsell. Da stirbt die alte Marchandmode, s' Heirat'n is uns von Anfang schon in Kopf g'steckt — so hat sie mir zug'red't, ich soll ihr das G'schäft von der

toten Madame kaufen. Um viertausend Gulden war's z' hab'n, d' Hälfte hab ich gleich bar aus'zahlt, und so war die Meinige Madame, nur 's Heiraten hat noch g'fehlt zur vollständigen Glückseligkeit. Da — *(seufzt).*
K a t h i. Sie wird doch nicht g'storben sein?
G l u t h a m m e r. Im Verlauf der Begebenheiten wird das alles klar. Die Hochzeit war bestimmt, 's Brautkleid war fertig, mein blauer Frack g'wend't, *(mit Schluchzen)* die Anginene begelt, d'Gäst' eing'laden — Person à zwei Gulden — *(beinahe in Tränen ausbrechend)* ohne Wein —
K a t h i *(tröstend).* Na, g'scheit, Herr Gluthammer!
G l u t h a m m e r. Den Tag vor der Hochzeit geh ich zu ihr, sie war aber nicht z' Haus.
K a t h i. War sie eine Freundin vom Spazier'ngehn?
G l u t h a m m e r. Im Verlauf der Begebenheiten wird das alles klar. Sie is von der Stund' an nicht mehr nach Haus kommen, ich hab s' g'sucht, ich hab s' g'meld't, ich hab s' woll'n austrommeln lassen, aber 's derf nur a Feuerwerk aus'trommelt wer'n in der Stadt — mit *ein'* Wort, es war alles umsonst, ich war Strohwitiber, bin Strohwitiber geblieben, und das Stroh bring ich auf *der* Welt nicht mehr aus 'n Kopf.
K a t h i. Mein Gott, man muß sich gar viel aus 'n Kopf schlagen.
G l u t h a m m e r. Oh, so was bleibt! Und dann die Folgen: 's G'schäft war einmal kauft, zweitausend Gulden war ich drauf schuldig — denk ich mir, zu was brauch ich zwei G'werber, es is das g'scheiteste, ich verkauf eins. Da hab ich mein Schlosserg'werb' verkauft und bin Marchandmode blieben.
K a t h i. Das war aber auch ein Gedanken —
G l u t h a m m e r. Wär' kein schlechter Gedanken g'wesen, aber man war ungerecht gegen mich. Die Kundschaften haben g'sagt, ich hätt' keinen Geschmack, weil ich alles in Schwarz und Hochrot hab arbeiten lassen. Nach vier Monat' war ich nix als eine zugrund' gegangene Marchandmode, und um meinen Gläubigern aus 'n G'sicht zu kommen, hab ich müssen aufs Land

als Schlosserg'sell gehn. Das is der vollständige Verlauf der Begebenheiten, wie sie sich nacheinander verloffen haben. Oh, meine Mathilde —!

Kathi. Die Person war eine Undankbare, is gar nicht wert, daß sich der Herr Gluthammer kränkt um sie.

Gluthammer. Was!? Sie liebt mich! Sie ist offenbar mit Gewalt fortgeschleppt worden, wird wo als Gefangene festgehalten und hat keinen andern Gedanken, als nur in meine Arme zurückzukehren.

Kathi. Da g'hört sich ein starker Glauben dazu.

Gluthammer. O Gott! Wenn ich alles so g'wiß wüßt' —! Wenn ich den Rauber so g'wiß ausfindig z' machen wüßt' — Jungfer Kathi — *(nimmt sie bei der Hand)* dem ging's schlecht! — *(Ihre Hand heftig schüttelnd.)* Der wurd' auf schlosserisch in die Arbeit g'nommen —

Kathi. Na, na —! Denk der Herr nur, daß ich kein Rauber bin.

Gluthammer. Nehmen Sie's nicht übel, aber wenn ein Schlosser in die Aufwallung kommt —

VIERTE SZENE

Anton. Die Vorigen.

Anton *(aus der Mitte rechts des Speisesalons kommend; die Tür bleibt offen).* Leutln, machts, daß 's fortkommts, der Herr kommt gleich mit die Gäst' heraus.

Kathi. Das is g'scheit, ich kann also da sprechen mit 'n gnädigen Herrn?

Anton. Beileib nicht! Das wär' jetzt höchst ungelegen!

Kathi. So werd ich halt draußen warten.

Anton. Geh d' Jungfer in Garten spazieren!

Gluthammer. Meine Arbeit mach ich halt später.

Anton. Freilich!

Gluthammer. Komm die Kathi! Die Mathilde is verloren — *(nimmt sie beim Arm)* aber *ihn* werd ich finden, den Mathildenschnipfer — *(grimmig)* und dann werden wir was erleben von einer nagelneuen Zermalmungsmethod' —

Kathi *(aufschreiend)*. Ah, probierts die Methode, wo Ihr wollt, aber nicht an mein' Arm!

Gluthammer. Nehmen Sie's nicht übel, aber es gibt Momente, wo der ganze Schlosser in mir erwacht, und da merkt man keine Spur, daß ich jemals Marchandmode g'wesen bin. *(Geht mit Kathi durch die Glastüre links ab.)*

Anton *(nach dem Speisesalon sehend, dessen Türe offen geblieben)*. Da kommt der Herr — und das G'sicht, was er macht — ich geh! *(Geht ebenfalls durch die Glastüre links ab.)*

FÜNFTE SZENE

Lips (allein).

Lips *(tritt zur Mitte rechts während des Ritornell des folgenden Liedes aus der Türe des Speisesalons auf).*

Lied

1.

Ich hab vierzehn Anzüg', teils licht und teils dunkel,
Die Frack' und die Pantalon, alles von Gunkel.
Wer mich anschaut, dem kommet das g'wiß nicht in Sinn,
Daß ich trotz der Garderob' ein Zerrissener bin.
Mein Gemüt is zerrissen, da is alles zerstückt,
Und ein z'riss'nes Gemüt wird ein' nirgends geflickt.
Und doch — müßt' i erklär'n wem den Grund von
         mein Schmerz,
So stundet ich da als wie 's Mandl beim Sterz;
 Meiner Seel', 's is a fürchterlichs G'fühl,
 Wenn man selber nicht weiß, was man will!

2.

Bald möcht ich die Welt durchflieg'n, ohne zu rasten,
Bald is mir der Weg z' weit vom Bett bis zum Kasten;
Bald lad ich mir Gäst' a paar Dutzend ins Haus,
Und wie s' da sein, so werfet ich s' gern alle h'naus.
Bald ekelt mich 's Leben an, nur 's Grab find ich gut,
Gleich drauf möcht ich so alt wer'n als der ewige Jud';

1. Akt, 5. Szene

Bald hab ich die Weiber alle bis daher satt,
Gleich drauf möcht ich ein Türk' sein, der s' hundert-
weis' hat;
Meiner Seel', 's is a fürchterlichs G'fühl,
Wenn man selber nicht weiß, was man will!

Armut is ohne Zweifel das Schrecklichste. Mir dürft' einer zehn Millionen herlegen und sagen, ich soll arm sein dafür, ich nehmet s' nicht. Und was schaut anderseits beim Reichtum heraus? Auch wieder ein ödes, abgeschmacktes Leben. Langweile heißt die enorm horrible Göttin, die gerade die Reichen zu ihrem Priestertum verdammt, Palais heißt ihr Tempel, Salon ihr Opferaltar, das laute Gamezen und das unterdrückte Gähnen ganzer Gesellschaften ist der Choral und die stille Andacht, mit der man sie verehrt. Wenn einem kleinen Buben nix fehlt und er is grantig, so gibt man ihm a paar Braker, und 's is gut. Vielleicht helfet das bei mir auch, aber bei einem Bub'n in meinem Alter müßten die Schläg' vom Schicksal ausgehn, und von da hab ich nix zu riskier'n; meine Gelder liegen sicher, meine Häuser sind assekuriert, meine Realitäten sind nicht zum Stehlen — ich bin der einzige in meiner Familie, folglich kann mir kein teurer Angehöriger sterben, auch ich selber, und um mich werd ich mir auch die Haar' nicht ausreißen, wenn ich einmal weg bin — für mich is also keine Hoffnung auf Aufrieglung, auf Impuls. — Jetzt hab ich Tafel g'habt — wenn ich nur wüßt', wie ich bis zu der nächsten Tafel die Zeit verbring! — Mit Liebesabenteuer? — Mit Spiel —? Das Spielen is nix für einen Reichen; wem 's Verlier'n nicht mehr weh tut, dem macht 's Gewinnen auch ka Freud'! — Abenteuer —? Da muß ich lachen! Für einen Reichen existieren keine Liebesabenteuer. Können wir wo einsteigen? Nein, sie machen uns so überall Tür und Tor auf! — Werden wir über a Stieg'n g'worfen? Nein, Stubenmädl und Bediente leuchten uns respektvoll hinab. Werden auf uns Sulteln gehetzt? Wird was hinabg'schütt't auf uns? Nein, Papa und Mama bitten uns, das wir ihr Haus bald wieder beehren. — Und selbst die Eh'männer — sind auch meistens gute Leut'. Wie selten kommt eine Spanische-Rohr-Rache ins Spiel? Die korsische Blutrache liegt gar ganz in Talon. Wann hört man denn, daß ein Eh'mann einen Kugelstutzen nimmt und unsereinem nachschießt? Ja, anreden tun s' ein', daß man ihnen was vorschießt. *(Deutet Geldgeben.)* Das is die ganze Rache! Wo sollen da die Abenteuer herkommen? Man is und bleibt schon auf fade Alletagsgenüsse reduziert, die man mit Hilfe der Freundschaft hinunterwürgt. Das is noch das Schönste, über Mangel an Freunden darf sich der Reiche nicht beklagen. Freunde hab ich und das, was für Freunde! Den warmen Anteil, den sie nehmen, wenn s' bei mir essen, das heiße Mitgefühl, wenn s' mit mir z'gleich einen Punschdusel kriegen, und die treue Anhänglichkeit! Ob einer zum Losbringen wär'! — Keine Möglichkeit! Ich bin wirklich ein beneidenswerter Kerl, nur schad', daß ich mich selber gar nicht beneid! —

SECHSTE SZENE

Stifler, Sporner, Wixer kommen aus der Mitte rechts Der Vorige.

S t i f l e r *(zu Lips).* Aber, Herr Bruder, sag doch, was ist's mit dir? Die Gesellschaft wird immer lauter, du wirst immer stiller, alle Gesichter verklären sich, das deine verdüstert sich, endlich lassest du uns ganz in Stich —

W i x e r. Sein auch richtig alle ang'stochen!

S t i f l e r *(zu Lips).* Es herrscht eine allgemeine Bestürzung unter den Gästen, weil sie dich nicht sehn.

L i p s. Sie sollen sich trösten, früher haben s' mich alle doppelt g'sehn, also gleicht sich das wieder aus.

W i x e r. Wenn s' sehn, du kommst nicht, so verlier'n sie sich halt schön stad, die Anhänglichkeit, die wir haben, die kann man nicht prätendieren von so gewöhnliche Tischfreund'.

L i p s. Freilich!

W i x e r. Bist du lustig, ist's recht, bist du traurig, sind

1. Akt, 6. Szene

wir auch da und essen stumm in uns hinein, das heißt Ausdauer im Unglück!
Stifler, Sporner. Auf uns kannst du zählen!
Lips. An euch drei hab ich wirklich einen Terno g'macht.
Stifler. Komm, trink noch ein Glas Champagner mit uns!
Lips. Ich hab keine Freud' mehr dran. Wie ich noch zwanzig Jahr' alt war, damals ja — aber jetzt!
Stifler. Ich finde jetzt alles am schönsten.
Lips. Ja, wenn man so jung is als wie du!
Stifler. Nu, gar so jung — ich bin wohl erst im Vierundfünfzigsten.
Lips. Ich aber schon im Achtunddreißigsten!
Stifler. Das schmeckt ja noch nach dem Flügelkleide!
Lips. Und doch schon Matthäi am letzten!
Stifler. Laß dir nichts träumen.
Lips. Eben die Träum' verraten mir's, daß es auf die Neig' geht, ich mein, die wachen Träum', die jeder Mensch hat. Bestehen diese Träum' in Hoffnungen, so is man jung, bestehen sie in Erinnerungen, so is man alt. Ich hoff nix mehr und erinnere mich an vieles, ergo: alt, uralt, Greis, Tatl!
Wixer. Du mußt dich zerstreuen.
Lips. Das is leicht g'sagt, aber mit was?
Wixer. Wir begleiten dich, geh auf Reisen!
Lips. Um zu sehn, daß es überall so fad is als hier?
Stifler. Nein, er meint Naturgenuß, Alpen, Vulkane, Katarakte —
Lips. Sag mir ein Land, wo ich was Neues seh; wo der Wasserfall einen andern Brauser, der Waldbach einen andern Murmler, die Wiesenquelle einen andern Schlängler hat, als ich schon hundertmal g'sehn und gehört hab! — Führ mich auf einen Gletscher mit schwarzem Schnee und glühende Eiszapfen, segeln wir in einen Weltteil, wo das Waldesgrün lilafarb, wo die Morgenröte paperlgrün is! — Laßt mich aus, die Natur kränkelt auch an einer unerträglichen Stereotypigkeit.
Wixer *(zu Sporner).* Gib ihm doch auch einen Rat, du Engländer ex propriis.
Sporner. Ich sage: Pferde, nichts als Pferde! *(Zu Lips.)*

Halte dir zehn bis fünfzehn Stück Vollblut, verschreibe dir Jockeis, besuche alle Wettrennen, und du wirst ganz umgewandelt!

L i p s. Am End' gar selbst zum Roß! Nein, Freund', ich reit gern aus zur Bewegung, ich fahr gern aus zur Bequemlichkeit, und meine Pferd' hab'n g'wiß nix Fiakrisches an sich — aber wie man alle seine Gedanken und Ideen bloß auf Rasse, Vollblütigkeit und Familienverhältnisse der Pferd' konzentrieren kann, dafür hab ich keinen Sinn, so leer is weder mein Kopf noch mein Herz, daß ich Stallungen draus machen möcht —

W i x e r. So mach sonst verruckte G'schichten, begeh Narrenstreich', das is auch eine Unterhaltung.

S p o r n e r. Und überdies englisch!

L i p s *(zu Sporner)*. Freund, blamier dich nicht, du kennst die Nation schlecht, die du so mühselig kopierst, wenn du glaubst, daß die Narrheit eine englische Erfindung is. An Narren fehlt's nirgends, aber es sind meist arme Narren, folglich red't man nicht von ihnen, und dann sind's Narren, die mit einer erbärmlichen Ängstlichkeit sich in den Nimbus der G'scheitheit einhüllen! Der Engländer hat das Geld, seine narrischen Ideen zu realisieren, und hat den Mut, seine Narrheit zur Schau zu tragen; darin liegt der Unterschied, von daher stammt das Renommee.

S t i f l e r. Bruder, jetzt treff ich das Rechte. Eins ist dir noch neu — der Eh'stand.

L i p s. Eh'stand? Das is, glaub ich, wenn man heirat't? Darüber existieren so viele Beschreibungen, so viele Sagen der Vorzeit und Memoiren der Gegenwart — was soll ich da Neues finden?

S t i f l e r. Treffe nur eine originelle Wahl!

L i p s. Eine originelle Wahl? Wie is das möglich? Wähl ich vernünftig, so haben schon Hundert' so gewählt, und wähl ich dumm, so haben schon Millionen Leut' so gewählt; aber wenn ich — ja, freilich — *(von einer Idee ergriffen)* ich hab's!

S t i f l e r *und* W i x e r. Was?

L i p s. Die originelle Wahl! Ich wähle ohne Wahl, ich treffe eine Wahl, ohne zu wählen.

S t i f l e r. Erkläre mir, o Orindur, diesen Zwiespalt der Natur!

L i p s *(mit festem Entschluß).* Das erste fremde Frauenzimmer, welches mir heut' begegnet, wird meine Frau!

S t i f l e r. Bist du toll —? }
W i x e r. Laß nach —! } *zugleich*

L i p s. Schön oder wild, gut oder bös, jung oder alt — alles eins — ich heirat sie!

S p o r n e r. Das ist echt englisch!

S t i f l e r. Wenn aber — setzen wir den Fall —

L i p s *(in heiterer Stimmung).* Kein Aber, kein positus! Unbedingt die erste, die mir begegnet! Ich sag euch, Freunde, ich g'spür jetzt schon die heilsame Wirkung von diesem Entschluß, die Spannung, die Neugierd', wer wird die erste sein? —

SIEBENTE SZENE

Anton. Die Vorigen.

A n t o n *(zur Mitte links eintretend, meldend zu Lips).* Die Frau von Schleyer wünscht ihre Aufwartung zu machen.

L i p s. Schicksal, du hast gut pausiert, du fallst a tempo ein!

A n t o n. Sie hat g'sagt, sie möchte unbekannterweis' die Ehre haben.

S t i f l e r. Wer ist sie denn, diese Unbekannte?

W i x e r. Sollt' mich wundern, wenn ich s' nit kenn.

A n t o n. Sie hat heraußt ihre Sommerwohnung in der Feldgassen —

L i p s. Das is egal, nur herein, sie is willkommen!

A n t o n. Sehr wohl! *(Geht nach der Türe Mitte links).*

L i p s *(Anton nachrufend).* Halt, du mußt erst fragen, ob sie Witwe is.

A n t o n. Sehr wohl!

L i p s. Wohlgemerkt, nur im Witwenfall wird sie vorgelassen.

A n t o n. Sehr wohl! *(Geht zur Mitte links ab.)*

ACHTE SZENE

Die Vorigen ohne Anton.

Lips *(in sehr aufgeregter Stimmung).* Brüderln, was sagt ihr dazu?
Stifler. Die Sache spielt sich ins Verhängnisvolle hinüber.
Lips *(nach dem Garten sehend).* Am End' — richtig — sie kommt — sie is also Witwe!
Stifler. Meiner Seele —!
Lips. Gehts jetzt, meine Freunde, laßt mich mit meiner Zukünftigen allein!
Stifler. Du wirst doch nicht des Teufels sein?
Lips. Vielleicht auch des Engels, das muß sich erst zeigen, aber der ihrige werd ich auf alle Fäll'.
Sporner. Goddam!
Wixer *(zu Sporner).* Das is ein guter Rat.
Stifler. Promenieren wir ein wenig durch den Garten!
(Geht mit Sporner und Wixer durch die kleine Glastüre links nach dem Garten ab.)
Lips *(allein).* Das is Aufregung, so ein Moment reißt ei'm die Schlafhauben vom Kopf, das is Senf für das alltägliche Rindfleisch des Lebens.

NEUNTE SZENE

Anton. Madame Schleyer. Lips.

Anton *(tritt zur Mitte links, meldend, mit Madame Schleyer ein).* Die verwitwete Frau von Schleyer. *(Geht wieder in den Garten ab.)*
Lips. Unendlich erfreut —
Madame Schleyer *(sehr elegant und auffallend gekleidet).* Herr von Lips entschuldigen —
Lips. Was verschafft mir das Vergnügen?
Madame Schleyer. Ich komm als Ballgeberin — es wird sehr glänzend werden.
Lips. Der Glanz alles Glänzenden wird durch schwarze Unterlag' gehoben, drum sind immer die Bälle die glänzendsten, denen das Unglück den dunklen Grund

1. Akt, 9. Szene

abgibt, für welches dann der Glanz des Balles zum Strahl des Trostes wird. So wird auch ohne Zweifel Ihr Ball einen wohltätigen Zweck haben.

Madame Schleyer. Das heißt — mein Ball hat allerdings einen wohltätigen Zweck, insofern das Vergnügen wohltätig auf den Menschen wirkt —

Lips. Aha, und insofern der Ballertrag wohltätig auf die Finanzen der Ballgeberin wirkt.

Madame Schleyer. Insofern es ferner eine Wohltat für die Leut' ist, die einem kreditiert haben, wenn sie zu ihrem Geld kommen.

Lips. Mit einem Wort, zu Ihrem Besten und zum Besten Ihrer Gläubiger wird der Ball gehalten; jetzt brauchen Sie nur noch die Gäste mit dem Ball zum besten zu halten, so is ein allgemeines Bestes erzweckt.

Madame Schleyer. Der Herr von Lips machen Spaß mit einer Witwe, die im Drang der Verhältnisse —

Lips. Haben Sie so viele Verhältnisse, daß ein förmlicher Andrang daraus entsteht?

Madame Schleyer. Mir hätt' nie die Idee kommen sollen, den Schleyer zu nehmen.

Lips. Was? Sie haben den Schleier nehmen wollen?

Madame Schleyer. Ich hab ihn genommen, der Himmel hat mir 'n aber wieder genommen.

Lips. Ja so! Der selige Herr Gemahl hat Schleyer geheißen!

Madame Schleyer. Aufzuwarten!

Lips. Und hat Ihnen nichts hinterlassen?

Madame Schleyer. Nichts als das kleine Haus da heraußen, von dem ich die Hälfte an eine Sommerpartei verlaß. Jetzt hab'n mir die Gläubiger auf das Haus greifen wollen.

Lips. Fatal, vorm Feuer kann man ein Haus assekurieren lassen, aber an eine Assekuranzanstalt vor Gläubigern hat man noch immer nicht gedacht, und doch werden offenbar mehr Häuser den Gläubigern als den Flammen zum Raube.

Madame Schleyer. In der Desperation hab ich den Entschluß gefaßt, einen Ball zu geben; denn das Haus, worin mein Mann g'storben is, laß ich mir nicht entreißen.

L i p s. Natürlich, so was is als Tempel süßer Erinnerung unschätzbar.
M a d a m e S c h l e y e r. Konträr, Herr von Lips, daß ich ihn in dem Haus los'worden bin, das is die unschätzbare Erinnerung.
L i p s. Also unglückliche Ehe und wahrscheinlich ohne Delikatesse?
M a d a m e S c h l e y e r. Oh! Der Schleyer war kotzengrob.
L i p s. Wer war denn der Herr Gemahl?
M a d a m e S c h l e y e r. Ein alter Streich- und Projektenmacher. Sie glauben nicht, wie der mich hinters Licht geführt hat. Herr von Lips müssen wissen, ich war in der Stadt bei der Handlung.
L i p s. Bei was für einer Handlung?
M a d a m e S c h l e y e r. Putzhandlung.
L i p s. Eine schöne Handlung, die durch Wechsel floriert, während so manche andre Handlung durch Wechsel falliert.
M a d a m e S c h l e y e r. Er is öfters in Equipage zu mir kommen — zu einer unerfahrnen Marchandmode gefahren kommen, is das sicherste Verfahren, ihr Herz in Gefahr zu bringen.
L i p s. Mit einem Wort, Sie wurden geblendet, ohne weder Fink noch Belisar zu sein.
M a d a m e S c h l e y e r. Die Equipage war ausg'liehen — das Vermögen Schein — das heißt nicht etwa Wiener Währung —
L i p s. Wir kommen aber ganz vom Ball ab.
M a d a m e S c h l e y e r. Hier hab ich die Ehre, ein Billett — *(übergibt ihm ein Ballbillett).*
L i p s *(es besehend).* Der Preis is fünf Gulden —
M a d a m e S c h l e y e r. Der Drucker hat vergessen, draufzusetzen: „Ohne Beschränkung der Großmut", was ich ihm doch so aufgeboten hab.
L i p s. „Standespersonen zahlen nach Belieben" wär' besser, denn das Prädikat „großmütig" reizt die allgemeine Eitelkeit weit weniger als der Titel „Standesperson". Ich hab nicht gewechselt, Madame Schleyer müssen schon gütigst diesen Hunderter annehmen.

1. Akt, 9. Szene 21

Madame Schleyer. Herr von Lips — Ihre Großmut — Ihre — *(eilfertig)* ich verharre mit untertänigstem Dank die tiefergebenste Dienerin! *(Verneigt sich und geht rasch durch die Mitte ab.)*
Lips *(allein)*. Mein Kompliment! Wie sich die tummelt, die muß einen Abscheu vor dem Herausgeben hab'n. *(Sich besinnend.)* Aber halt, ich vergeß ja ganz, daß sie meine Braut is. *(Eilt zur Türe und ruft ihr nach.)* Ich bitt, Madame — hab'n S' die Güte — auf ein' Augenblick — *(für sich)* sie kommt zurück.
Madame Schleyer *(zurückkommend)*. Herr von Lips haben gerufen? Ich hätte vielleicht herausgeben sollen —?
Lips. O nein, das war's nicht.
Madame Schleyer. Oder wünschen vielleicht noch ein Billett?
Lips. Nein, das ebensowenig. Für einen Ledigen is ein Billett genug, und selbst wenn ein Lediger die Ballgeberin heirat't, braucht er nur eins, denn die Ballgeberin hat ja freies Entree auf ihrem eig'nen Ball.
Madame Schleyer. Ich versteh Ihnen nicht —
Lips. Werd mich gleich ganz verständlich machen; ich hab Ihnen auf einen Augenblick zurückgerufen, weil ich mich auf ewig mit Ihnen verbinden will.
Madame Schleyer. Fünf Gulden kommen aufs Ballbillett, fünfundneunzig auf den Spaß, den Sie sich machen, das kann man sich schon g'fallen lassen.
Lips. Ich mach aber Ernst, und das is eigentlich der Hauptspaß —
Madame Schleyer *(äußerst erstaunt)*. Ich trau mein' Ohren nicht —
Lips. Is es denn so wunderbar? Mir is der Schuß zum Heiraten kommen, und der Schuß trifft zufällig Sie. Besser als ein anderer Schuß, der bald mich selbst getroffen hätt'.
Madame Schleyer. Wie das!?
Lips. Sie müssen wissen, mein Inneres is zerrissen wie die Nachtwäsch' von einem Bettelmann — da hab ich mich also unlängst erschießen wollen, und derweil ich so im Schuß ein Testament aufsetz zugunsten

meiner Freunde, is mir der Schuß zum Erschießen vergangen.

Madame Schleyer. So einen veränderlichen Herrn tät' auch 's Heiraten bald reuen.

Lips. Dafür is ja eben 's Heirat'n erfunden, daß's nix mehr nutzt, wenn's einen reut; wenn die Reue nicht wär', wär' ja die Liebe genug. Also jetzt in vollem Ernst: Ihre Antwort!

Madame Schleyer *(für sich, in Freude und Ungewißheit schwankend).* Ich weiß nicht, träumt mir — oder —?

Lips. Spielen Sie mir jetzt die Komödie vor, als ob nicht mein Reichtum, sondern meine liebenswürdige Persönlichkeit Ihren Entschluß bestimmet!

Madame Schleyer. Komödie würden Sie das nennen — wenn —?

Lips. Aha, Sie gehn schon drauf ein, das is recht. Wir Reichen verdienen's, daß man mit uns Komödie spielt, weil uns unsere Eitelkeit undankbar gegen den Reichtum macht. Glauben Sie denn, ein alter Millionist, wenn er aus einer G'sellschaft nach Haus kommt, kniet sich nieder vor seine Obligationen, küsset diese himmlischen Bilder und saget: „Euch nur verdank ich's, daß diese Frau auf mich gelächelt, diese Tochter mit mir kokettiert hat. Euch nur, ihr göttlichen Papiere, daß diese Cousine mich heiraten will!"? — Kein Gedanken! Er stellt sich voll Selbstgefühl vor 'n Spiegel, find't in seine Hühnertritt' interessante Markierungen und meint, er is ein höchst gefährlicher Mann. Mit Recht hat die Nemesis für diesen Undank an den Papieren den Reichen zum Papierltwerden verdammt. Also heraus jetzt mit dem Entschluß, meine Holde!

Madame Schleyer *(sich zierend).* Aber, Herr von Lips, ich muß ja doch erst —

Lips. Ich versteh, vom Neinsagen keine Red', aber zum Jasagen finden Sie eine Bedenkzeit schicklich! Gut, wie Sie wünschen!

ZEHNTE SZENE

Kathi. Die Vorigen.

Kathi *(zur Mitte links eintretend).* Ah, da is ja der Herr Göd!

Lips *(zu Kathi).* Wen sucht Sie?

Kathi. Kennen S' mich denn nicht mehr, ich bin die Kathi, die Euer Gnad'n aus der Tauf' g'hoben haben.

Lips *(sie erkennend).* Richtig, aber du bist g'wachsen seit der Zeit, das heißt, nicht seit der Tauf', sondern seit die drei Jahr' —

Kathi. Wo ich 's letztemal bei Euer Gnaden war, wo Euer Gnaden Herr Göd so hilfreich —

Lips. Na, 's is schon gut, mein Kind, aber jetzt hab ich hier — *(macht eine Bewegung, daß sie sich entfernen soll).*

Madame Schleyer. Entfernen Sie sich doch, meine Gute, Sie sehen ja, daß Herr von Lips über und über beschäftigt is.

Kathi *(zu Lips).* Ich bin wegen der gewissen Schuld gekommen, die hundert Gulden, die Euer Gnaden Herr Göd meiner verstorbenen Mutter so großmütig geliehen haben —

Lips. Später, später — jetzt hab ich durchaus keine Zeit. Geh nur, Kind, geh! *(Zu Madame Schleyer.)* Ich geb Ihnen also Bedenkzeit, aber nicht mehr als eine Viertelstund'!

Madame Schleyer. Was kann man in einer Viertelstund' bedenken? Im Grund is eigentlich gar nichts zu bedenken — und der Herr von Lips durchschauen ohnedies jede Ziererei — ich könnte also gleich —

Lips. Ich weiß, Sie könnten gleich Ja sagen, aber mir g'fallt das jetzt mit der Bedenkzeit, diese Spannung, ich bild mir jetzt ein, ich bin in einer ängstlichen Erwartung — das unterhalt't mich. Sehn S', so muß sich der Mensch selber für ein' Narren halten. Glauben Sie mir, das is eine schöne und nicht so leichte Kunst. Um andere für einen Narr'n zu halten, braucht man nix als Leut', die einen an Dummheit übertreffen; um aber mit Vorsatz sich selbst für ein' Narren zu halten, muß man sich selbst an G'scheitheit übertreffen. Also in einer Viertelstund', Angebetete — ich werde die Sekunden zählen — das Blut drängt sich zum Herzen, das Hirn pulsiert — der Atem stockt! — In einer Viertelstunde — Leben oder Tod! *(Eilt in den Speisesalon Mitte rechts ab.)*

ELFTE SZENE

Madame Schleyer. Kathi.

M a d a m e   S c h l e y e r *(für sich)*. Ich mach da ein Glück! — Wenn er mir nur nicht mehr auskommt — ein verruckter Millionär is was G'fährliches bis nach der Kopulation.

K a t h i *(für sich)*. Ich wart halt doch, bis er wiederkommt, das Geld will ich nicht wieder nach Hause tragen.

M a d a m e   S c h l e y e r *(sehr vornehm zu Kathi)*. Der Herr von Lips is also Ihr Göd oder eigentlich Pate, wie wir Noblen uns ausdrücken.

K a t h i *(schüchtern)*. Ja, Euer Gnaden.

M a d a m e   S c h l e y e r. Er hat das Geld nicht zurückverlangt, und du bringst es aus eig'nem Antrieb?

K a t h i. Freilich, wenn man was schuldig is, muß man zahlen.

M a d a m e   S c h l e y e r *(für sich)*. In dem Hause gehen lauter ungewöhnliche Sachen vor.

K a t h i *(nach und nach mehr Mut fassend, nähert sich Madame Schleyer)*. Euer Gnaden sind so herablassend, mit mir zu reden, werden mir also eine Frag' erlauben, 's is vielleicht eine dumme Frag' — *(etwas ängstlich)* hab ich recht, mir is vor'kommen, als wenn mein Herr Göd heiraten möcht?

M a d a m e   S c h l e y e r. Er projektiert so was dergleichen.

K a t h i *(etwas betroffen)*. Er heirat't? — Und wen will er denn heirat'n?

Madame Schleyer *(stolz und kurz angebunden).* Mich!
Kathi *(ihre innere Bewegung verbergend).* Ihnen! — Nicht wahr, Sie haben ihn recht gern? Er is so gut — so ein herzensguter Herr — er verdient's, und ihm fehlt ja nix zu seinem Glück als ein treues Herz — oh, Euer Gnaden werden ihn g'wiß recht glücklich machen.
Madame Schleyer *(schroff).* Ich glaub gar, Sie will mir Lektion geben, wie man einen Mann glücklich macht?
Kathi *(eingeschüchtert).* Oh, ich bitt, nur nicht bös' werden, wenn ich was Dalkets g'sagt hab.

ZWÖLFTE SZENE

Stifler. Die Vorigen.

Stifler *(zur kleinen Glastüre links eintretend).* Nun! Schon alles in Ordnung? — *(Lips suchend.)* Er is nicht da?
Madame Schleyer *(sich rasch umwendend).* Wen suchen Sie?
Stifler *(sie erkennend).* Was tausend! Sie sind's?
Madame Schleyer *(angenehm überrascht).* Ah! Das ist wirklich unverhofft! Wie kommen Sie daher?
Stifler. Das muß ich Sie fragen, liebenswürdige und so plötzlich verschwundene Mathilde.
Kathi *(welcher der Name auffällt, für sich).* Mathilde?
Madame Schleyer. Mit mir haben sich wohl merkwürdige Schicksale zugetragen in die anderthalb Jahr', und das neueste Schicksal is das, daß ich seit fünf Minuten dem Herrn von Lips seine Braut bin.
Stifler. Das is allerdings merkwürdig.
Madame Schleyer. So einen Goldfisch zu fangen bei der Zeit, wo jede Gott dankt, die einen Hechten erwischt!
Kathi *(für sich).* Aber das is eine abscheuliche Frau! —
Madame Schleyer. Übrigens wird's gut sein, lieber Papa Stifler —

Stifler. Scharmant — Papa Stifler, so hat mich die aimable Mathilde Flinck immer genannt.

Madame Schleyer. Es wird aber gut sein, hier nichts von früheren Zeiten zu erwähnen.

Stifler. Natürlich! Wir sehen uns zum erstenmal. Es sind aber noch ein paar Ihrer ehemaligen Anbeter hier, die müssen wir avisieren; ein indiskretes Wort könnte viel — suchen wir sie im Garten auf! Die werden staunen!

Madame Schleyer. Ich muß aber in zehn Minuten wieder da sein.

Stifler. Das versteht sich, lassen Sie uns eilen! *(Bietet ihr den Arm.)*

Madame Schleyer. Einen Millionär, der die Sekunden zählt, darf man nicht eine Minute warten lassen.

(Beide, Seite links, durch die kleine Glastür ab.)

DREIZEHNTE SZENE

Kathi; dann Gluthammer.
Während dieser Szene wird es rückwärts und in den
Kulissen zugleich sehr langsam Nacht.

Kathi *(allein)*. Ich versteh blutwenig vom Heiraten, aber daß so eine einen Mann glücklich macht, das glaub ich mein Lebtag nit.

Gluthammer *(links hereineilend)*. Kathi! — Kathi! — Ich lass mir's nicht nehmen, ich hab was g'sehn.

Kathi. Wer will Ihm was nehmen? Und was hat Er g'sehn?

Gluthammer. Ich hab von weiten was g'sehn, was mich sehr nahe angeht, und das lass ich mir nicht nehmen.

Kathi. Er is ja ganz außer sich!

Gluthammer. Nit wahr? Oh, ich hab wie ein Wütender mit allen vieren um mich geschlagen; der dumme Anton hat mir den Hammer wegg'nommen.

Kathi. Das war recht g'scheit von ihm. Aber jetzt red der Herr, über was is Er denn wütend worden?

1. Akt, 13. Szene

Gluthammer. War nicht früher eine da?
Kathi. Grad den Augenblick is eine fort'gangen.
Gluthammer. Jetzt schlag die Kathi d' Händ' über 'n Kopf z'samm', diese eine war in der Entfernung deutlich die Meine.
Kathi. Warum nit gar! Es war ja die Braut vom gnädigen Herrn.
Gluthammer. Kann's nicht glauben, der Anton hat mir offenbar einen falschen Nam' g'sagt.
Kathi. Hier hat ein Herr mit ihr g'red't und hat s' Mathilde Flinck g'nannt.
Gluthammer *(laut aufschreiend)*. Mathilde Flinck —!? Flinck!? Mathilde!? Sie is's! Sie is's!!
Kathi. Wer?
Gluthammer *(außer sich)*. Meine Geraubte! Hier halt't man sie gefangen, die treue Seele, hier hat sie zwei Jahre lang allen Rauberkünsten getrotzt! O Gott — o Gott!!
Kathi. Die da war, hat sehr freundlich mit 'n Herrn vom Haus disk'riert.
Gluthammer. Aha! Das war, um den Rauber zu beschwichtigen. O Mathilde! Zur List nimmst du die Zuflucht!? Geduld, Engel, ich komm dir mit Gewalt zu Hilf'! *(Rennt wütend zur Türe des Speisesalons Mitte rechts.)*
Kathi *(erschrocken ihn zurückhaltend)*. Was will denn der Herr Gluthammer —!?
Gluthammer *(grimmig)*. Sein Leben will ich, nix als sein Rauberleben. Is denn nirgends ein Mordinstrument? Mein Hab und Gut für einen Taschenfeidl! Eine Million für a halbe Portion Gift! Ein Königreich, wenn mir ein Tandler a alte Guillotine verschafft!
Kathi. Is Er rasend?
Gluthammer. Ja, rasend dumm, daß ich mich um ein Instrument alteriert; diese Fäust' sind Dietrich genug, um einem die Pforten der Ewigkeit aufzusperren.
Kathi. Was? Ich sag Ihm's, meinem Herrn Göden laß ich nix g'schehen!
Gluthammer *(mit zunehmendem Ungestüm)*. Wo is er?

Kathi *(ängstlich).* Er — er is in Garten gangen.
Gluthammer *(außer sich vor Grimm).* Gut, dort will ich ihm zur Hochzeit gratulieren! *(Indem er wütend während der folgenden Worte alle Hiebe, Stiche, Stöße und Tritte pantomimisch ausdrückt.)* Glück — Freud' — Gesundheit — langs Leb'n — und alles Erdenkliche, was er sich selbst wünschen kann. Wart, Rauber!! *(Rennt wütend durch die Mitte links ab.)*
(Es ist mittlerweile etwas dunkel geworden.)

VIERZEHNTE SZENE

Kathi; Madame Schleyer, Stifler, Sporner, Wixer treten, Seite links, durch die Glastüre ein.

Kathi. Gott, was hab ich getan? Ich hab mein Herrn Göden verraten! Ich bin eine unglückselige Person —
Stifler *(mit Mathilde, Sporner und Wixer zur kleinen Glastüre, Seite links, aus dem Garten eintretend).* Kommen Sie, liebenswürdige Mathilde, die Abendluft ist kühl.
Wixer. Auf unsern Freund seine Braut müssen wir ja weiter nit schaun!
Madame Schleyer. Zu gütig, meine Herren!
Kathi *(welche erst ängstlich nach der Mitteltüre links gelaufen, läuft jetzt, Mitte rechts, an die Türe, welche in den Speisesalon führt, und ruft an der zugemachten Türe).* Herr Göd —! Lieber gnädiger Herr Göd!!
Stifler. Was macht denn das Geschöpf für einen heillosen Rumor?
Kathi. Ach, meine Herren, ich muß mit mein' Herrn Göden sprechen, und das an der Stell'!
Stifler. Das geht jetzt nicht an!
Madame Schleyer. Geh, Kind, geh und komm ein andersmal!
Kathi. O Madame, ich muß!
Madame Schleyer *(ungeduldig und gebieterisch).* Ein andersmal, hab ich gesagt! Und jetzt bitt ich mir's aus — *(zeigt nach der Türe Mitte links).*
Stifler *(zu Madame Schleyer).* Ärgern Sie sich nicht! —

1. Akt, 15. Szene 29

K a t h i *(eingeschüchtert, für sich, indem sie sich rückwärts nach der Türe zieht).* Der alte Bediente muß ihn warnen — den muß ich schaun, daß ich find. *(Eilt in die Mitte links ab.)*

FÜNFZEHNTE SZENE

Die Vorigen ohne Kathi.

S t i f l e r. Wir bringen also heute noch der baldigen Gebieterin dieses Hauses ein Lebehoch.
M a d a m e S c h l e y e r. Meine Herren, Ihre Huldigung erfreut mich unendlich, und ich werde Ihnen stets eine freundliche Hauswirtin sein.
W i x e r. Wirtin, das is das echte Wort.
M a d a m e S c h l e y e r. Wir wollen einen kleinen, aber um so fröhlicheren Zirkel bilden.
W i x e r. Das is das Wahre. Klein muß a G'sellschaft sein, aber honett, nacher is's a Passion.
S t i f l e r. Jetzt lassen wir aber Freund Lips nicht länger schmachten.
M a d a m e S c h l e y e r. Nicht wahr, die Viertelstund is schon vorbei?
(Zwei Bediente treten, jeder mit zwei angezündeten Armleuchtern, zur Mitte links ein und stellen jeder einen davon auf den Tisch rechts und links. In den Kulissen Tag, im Hintergrunde bleibt es Nacht).
S t i f l e r *(zu Madame Schleyer).* Erlauben Sie mir, daß ich ihm sein Glück verkünde. *(Er öffnet Mitte rechts die Türe nach dem Speisesalon, und man sieht Lips auf einem Diwan ausgestreckt liegen und schlafen.)* Er schlaft —!?
(Die zwei Bedienten, welche die beiden andern Armleuchter nach dem Speisezimmer tragen wollten, haben sich in dem Moment der Türe genähert, als Stifler selbst öffnete, so daß sie unwillkürlich den schlafenden Lips beleuchten.)
S p o r n e r *und* W i x e r *(erstaunt).* Er schlaft —!?
M a d a m e S c h l e y e r *(überrascht und ihren Ärger kaum bezwingend).* Er schlaft! — Das is etwas stark —

Stifler. Ohne Zweifel hat ihn infolge der Gemütsaufregung und der eingetretenen Dunkelheit ein leiser Schlummer überfallen.
(Lips schnarcht.)
Madame Schleyer. Das scheint schon mehr als ein Schlummer zu sein.
Wixer. Was man sagt, ein Roßschlaf.
Stifler *(zu den Bedienten)*. Stellt nur die Lichter hinein!
(Die Bedienten stellen die Lichter in den Speisesalon.)
Madame Schleyer. Lassen S' mich jetzt allein, meine Herren, mit dem — *(halbleise)* Murmeltier.
Stifler. Gehn wir zu den übrigen ins Billardzimmer!
Wixer *(indem er mit Stifler und Sporner durch Mitte rechts in den Speisesalon nach rechts ab- und an dem schlafenden Lips vorübergeht, den Bedienten, welche die Lichter in den Speisesalon gestellt, zurufend)*. G'schwind, Bediente, aufzünden beim Billard, eine à la guerre geht los.
(Die Bedienten folgen ihm.)

SECHZEHNTE SZENE

Madame Schleyer. Lips.

Madame Schleyer. Die poltern an ihm vorbei, und er rührt sich nicht! — *(Dem schlafenden Lips nähertretend.)* Herr von Lips —
(Lips schnarcht sehr stark.)
Madame Schleyer *(erschrocken einen Schritt zurücktretend)*. Nein, wie der schnarcht — wie mein Seliger — liebenswürdige Eigenschaft! *(Tritt ihm näher und ruft laut.)* Herr von Lips! Herr von Lips!
Lips *(erwachend und aufspringend)*. Was gibt's —? Ah, Madame, Sie sind's — entschuldigen!
Madame Schleyer. Sie schnarchen ja, daß einem die Haar' zu Berg stehn.
Lips. Da bitt ich um Vergebung, das kommt vom Träumen, ich hab g'rad so einen g'spaßigen Traum g'habt.

Madame Schleyer. Sonst is das nur bei beängstigenden Träumen der Fall, oder wenn die Trud —
Lips. Mir hat von Ihnen geträumt. Sie haben mich verschmäht, haben meine Hand ausgeschlagen.
Madame Schleyer. Und das is Ihnen gar so spaßig vorgekommen?
Lips. Im Traume kommt einem ja alles anders vor als in der Wirklichkeit.
Madame Schleyer. Träume bedeuten auch gewöhnlich das Konträre. Die Viertelstunde, die Sie mir gegeben, is vorüber und —
Lips (zerstreut). Was für eine Viertelstund'?
Madame Schleyer (pikiert). Na, die Bedenkzeit!
Lips. Ah, ja so, richtig — das hätt' ich bald verschlafen. Sie verschmähen mich also nicht?
Madame Schleyer. Beinahe hätten Sie's verdient; demungeachtet will ich diesmal —
Lips (im ruhigen, gleichgültigen Tone). Gnade für Recht ergehen lassen, weil — etcetera, gut! Wir wollen also, weil mein Traum nicht ausgeht, weiter träumen, das heißt, von der Zukunft diskurier'n; das is auch ein Traum, der selten ausgeht. Is Ihnen nicht gefällig, Platz zu nehmen? *(Rückt einen Stuhl zurecht.)*
Madame Schleyer *(für sich)*. Is das eine Hindeutung, daß er mich sitzen lassen will?
Lips *(sich setzend, ohne in der Zerstreuung zu bemerken, daß Madame Schleyer sich nicht setzt)*. Bis wann glauben Sie also, daß unsere Verlobung —?
Madame Schleyer. Hm! Da eben Gäste, folglich auch Zeugen anwesend sind, so meinet ich — heut' abends.

SIEBZEHNTE SZENE

Gluthammer. Die Vorigen.

Gluthammer *(tritt, von beiden unbemerkt, zur Mitteltüre links ein und bleibt, im Hintergrunde lauschend, in heftiger Aufregung stehen, für sich)*. Sie is's!! — Das Lamm steht vor dem Opferer.
Lips. Und bis wann meinen Sie die Hochzeit?

Madame Schleyer. Ich glaub, das wär' wohl an Ihnen, den Tag zu bestimmen.
Gluthammer *(betroffen, für sich)*. Was? Dem Lamm is's recht, wann's dem Opferer gefällig is.
Lips. So können wir also in sechs Wochen ein Paar sein.
Madame Schleyer *(beleidigt)*. Sechs Wochen?! — Ich glaub, wenn die Braut in einer Viertelstund' den Entschluß faßt, so könnt' der Bräutigam doch längstens in acht Tagen mit die Anstalten fertig sein.
Gluthammer *(furchtbar enttäuscht)*. Wie g'schieht mir denn? 's Lamm kann's nicht erwarten, bis's geopfert wird —!?
Lips *(mit forcierter Laune)*. Acht Tag', sagen Sie? Zu was? Das wär' traurig, wenn man einen Geniestreich nicht in vierundzwanzig Stund' zusamm'bräscht'. Morgen muß die Hochzeit sein.
Gluthammer *(vorstürzend)*. Und heut' noch is die Leich'!
Lips *(erstaunt)*. Was will denn —?
Madame Schleyer *(aufschreiend)*. Ah! Der Gluthammer! *(Hält sich an einen Stuhl.)*
Gluthammer. Ja, Elende, der Gluthammer in der furchtbarsten Hitz'!
Lips. Und sie erstarret zu Eis!
Gluthammer *(wütend zu Lips)*. Mach dein Testament, Glückzerstörer! Seligkeitvernichter!
Madame Schleyer. Ich bin verloren! —
Lips. Für mich keineswegs. Glauben Sie, dieses schmutzige Verhältnis *(auf Gluthammer deutend)* schreckt mich ab? Glauben Sie denn, ich hab Ihnen für eine reine Seele gehalten? Eine Narrheit will ich begehn, und ich sehe immer mehr und mehr, ich hätte keine würdigere Wahl treffen können. *(Schließt sie in seine Arme.)*
Gluthammer *(grimmig)*. Ha, dieser Anblick —!!
Madame Schleyer *(zu Lips)*. Rufen S' Ihre Bedienten!
Lips. Zu was? Ich krieg selbst einen Gusto, eine alte Gymnastik regt sich in mir.
Gluthammer *(sein Schurzfell aufrollend, zu Lips)*. Heraus, wennst Courage hast!

1. Akt, 18. Szene

L i p s *(zu Gluthammer)*. Prahlhans, ich bin ein g'lernter Boxer. *(Zieht den Rock aus.)*
G l u t h a m m e r *(die Fäuste ballend)*. A solche Lektion hast aber sicher noch keine kriegt. *(Beide stürzen aufeinander los und ringen.)*
M a d a m e S c h l e y e r *(während dem Kampf)*. Aber Herr von Lips — geben Sie sich nicht ab — *(ängstlich)* zu Hilf'! Bediente!
G l u t h a m m e r *(im Ringen zu Lips, den er gegen die Mitte links gedrängt)*. Dir hilft kein Bedienter mehr!
L i p s *(indem er seine Kraft zusammennimmt)*. Ich will dir zeigen, daß ich keinen brauch. *(Drängt Gluthammer in die Mitte links zur Türe hinaus.)*
M a d a m e S c h l e y e r (ängstlich). Is denn niemand da?
G l u t h a m m e r *(Mitte links zurückkommend)*. Ich bin wieder da!
L i p s. Noch keine Ruh'? Na, wart — Kerl, g'freu dich! *(Stürzt ihm entgegen und beide kommen, indem sie ringen, in die Nähe der Balkontüre, die offensteht; unwillkürlich drängt einer den andern hinaus auf den Balkon. Beide stürzen während eines Schreckensrufes, indem sie sich umklammert halten, samt dem noch nicht festgemachten Eisengitter über den Balkon hinab.)*
M a d a m e S c h l e y e r *(laut aufschreiend)*. Ah —!! Er is des Todes! *(Stürzt zum Balkon.)* Himmel —! Ins Wasser! — Rettung! — Tod! Hilf'!

ACHTZEHNTE SZENE

Madame Schleyer. Stifler, Sporner, Wixer, mehrere Herren aus Mitte rechts. Anton, Christian, Josef aus Mitte links.

S t i f l e r *(mit den übrigen eilig und in ängstlicher Verwirrung aus der Türe des Speisesalons kommend)*. 's ist nicht möglich!
W i x e r. Vom Billardzimmer hat man's deutlich g'sehn.
M a d a m e S c h l e y e r. In Abgrund g'stürzt, alle zwei —! *(Sinkt auf einen Stuhl links.)*
S t i f l e r. Der Mörder mit?

W i x e r. Nur g'schwind, Schinakeln, Schiffleut'! *(Mitte links ab.)*
D i e H e r r e n. Ja, Schiffleute! Stricke! Stangen! *(Eilen mit den Bedienten zur Mitte links ab.)*

NEUNZEHNTE SZENE

Madame Schleyer. Stifler. Sporner.

S t i f l e r. Erholen Sie sich, schöne Frau!
M a d a m e S c h l e y e r. Das is zuviel! Vor zwei Minuten haben noch zwei Männer um mich g'rauft, und jetzt macht mich ein zweifacher Tod zur dreifachen Witib.
S t i f l e r. Beruhigen Sie sich, Herr von Lips muß gerettet werden. *(Zu Sporner.)* Sie könnten sich auch ein wenig tätiger annehmen!
S p o r n e r *(ganz ruhig).* Goddam!
S t i f l e r. Damit ist ihm nicht geholfen.

ZWANZIGSTE SZENE

Wixer mit mehreren Herren durch die Mitte links eintretend. Die Vorigen.

W i x e r. Beim Mondschein hat man einen Kopf ober'n Wasser g'sehn, sie rudern schon nach.
S t i f l e r. Treten wir auf den Balkon.
D i e H e r r e n. Von hier kann man's sehen.
(Alle, auch Madame Schleyer, drängen sich auf den Balkon.)
W i x e r. Dort — sehn S' —
A l l e. Wo? Wo?
W i x e r. Dort! Sieht man nix mehr?
D i e H e r r e n. Da ist keine Rettung!
S t i f l e r. Offenbar Mord —!
W i x e r. Ein Glück für 'n Mörder, wann er auch ersoffen is.

EINUNDZWANZIGSTE SZENE

Lips und die Vorigen auf dem Balkon.

L i p s *(ist, ohne von den Anwesenden, welche, um die Balkontüre gedrängt, ihre Blicke nach außen richten und folglich Lips den Rücken kehren, bemerkt zu werden, ganz durchnäßt zur Mitteltür links eingetreten und hat die letzten auf dem Balkon geführten Reden gehört).* Schauderhaft, er is nicht ersoffen, der Mörder lebt — lebt fürs Kriminal —! *(Faßt sich verzweifelt mit beiden Händen an den Kopf.)*
D i e H e r r e n *(auf dem Balkon).* Tot is tot!
L i p s *(in größter Angst).* Flucht! — Flucht! — Schleunige Flucht! — *(Eilt zur Seite links ab.)*
(Im Orchester fällt passende Musik ein.)

Der Vorhang fällt.

ZWEITER AKT

Die Bühne stellt das Innere eines Wirtschaftsgebäudes und Getreidespeichers auf dem Pachthofe Krautkopfs vor. Rechts, links und in der Mitte des Fußbodens befinden sich drei praktikable Falltüren. Rechts führt eine Seitentüre nach dem Wohngebäude, links eine Seitentüre ins Freie. Im Hintergrund in der Mitte ist ein großes Tor, welches zur Dreschtenne führt; im Hintergrunde derselben liegen Getreidegarben hoch aufgeschichtet, rechts im Vordergrunde stehen ein Tisch und zwei Stühle, links zwei Stühle.

ERSTE SZENE

Krautkopf. Kathi. Zwei Bauernknechte.

K r a u t k o p f *(zu den Knechten).* Is der Kleeacker schon g'mäht?
E r s t e r K n e c h t. Das g'schieht heut'.
K r a u t k o p f. Is 's Heu schon aufg'schobert?
Z w e i t e r K n e c h t. Das g'schieht heut'.
K r a u t k o p f *(ärgerlich).* Heut', heut', alles g'schieht heut'!
E r s t e r K n e c h t. Wie können's auf morgen auch lassen.
K r a u t k o p f. Ich werd dich gleich umbringen; gestern, gestern hätt's schon soll'n g'schehn sein. Gedroschen muß auch werd'n — au weh, mein Kopf! — Auf alls soll man denken! — Die Drescher soll'n kommen, sonst bring ich s' auch um.
E r s t e r K n e c h t. Sie wer'n noch beim Fruhstuck sein.
(Die beiden Knechte gehen zur Seite links ab.)
K r a u t k o p f *(zu Kathi).* Und du kommst wieder gar nicht vom Fleck? Rühr dich, lustig, lebendig!
K a t h i *(welche traurig im Vordergrunde rechts gestanden).* Ich soll lebendig sein, und er — er is tot!
(Bricht in Tränen aus.)

Krautkopf. Alles mit Maß, die Weinerei is z'viel! Wenn ein Göd stirbt, so weint man in der ersten Stund' und in der zweiten fragt man, ob er ei'm was vermacht hat, und is das nicht der Fall, so schimpft man in der dritten Stund' über ihn und in der vierten arbeit't man wieder darauf los wie vor und eh'.

Kathi. Der Herr Vetter kann das Gefühl nicht haben, der Vetter hat ihn nicht kennt, hat ihn gar nie g'sehn, den guten Herrn, aber ich — *(weint).*

Krautkopf. Warum war er nie heraußt? Wann hätt' ich Zeit zu Visitenmachen g'habt? Ich weiß eh' nicht, wo mir der Kopf steht.

Dritter Knecht *(tritt mit einer hochaufgetürmten Butten von Krauthäupteln, Seite links, ein).* Wo kommt denn das Kraut hin?

Krautkopf *(eilig die Falltüre rechts öffnend).* Da in den Keller herunter! Leer die Butten um!

(Dritter Knecht stürzt die Butten um und läßt die Krauthäupteln in den Keller hinabrollen.)

Krautkopf. So —
(Der Knecht geht, Seite links, ab.)
(Vierter Knecht tritt, Seite links, ein mit einer Butten voll weißer Rüben.)

Krautkopf. Was bringt denn der?

Vierter Knecht. Ruben haben wir ausg'nommen.
(Will die Butten in denselben Keller hinableeren.)

Krautkopf. Halt! Nicht da herein! *(Eilt zur Falltüre links.)* Da g'hören die Ruben her! *(Indem er die Falltüre öffnet.)* An keine Ordnung g'wöhnt sich das Volk. — Kraut und Ruben werfeten s' untereinand' als wie Kraut und Ruben!

(Vierter Knecht hat abgeleert, wie ihm befohlen, und geht, Seite links, ab.)

Krautkopf *(zu Kathi).* Und du, Kathi, schau nach wegen Fruhstuck — und jetzt soll ich noch wegen Robotausweis — und wenn extra heut' noch die Herrn mit n' Herrn Justitiarius — auf was soll ich noch alles denken! Au weh, mein Kopf! *(Eilt in die Seitentüre rechts ab.)*

ZWEITE SZENE

Kathi. Dann Lips.

K a t h i *(allein).* Manchen Augenblick is mir g'rad nicht anders, als ob die ganze Welt g'storben wär', und manchen Augenblick denk ich mir wieder, es kann nicht sein, er muß leben, er muß wieder zum Vorschein kommen.

L i p s *(als Bauernknecht verkleidet, mit ängstlicher Vorsicht durch die Türe, Seite links, hereinkommend).* Kathi! Kathi!

K a t h i *(zusammenfahrend).* Gott im Himmel —! Das war seine Stimm' —!

L i p s *(vortretend).* Es is mehr, es is der ganze Herr von Lips!

K a t h i *(im höchsten Ausbruch der Freude).* Is's möglich! Ja — ja, er lebt! Mein Herr Göd is nicht ertrunken —!!

L i p s. Nein, das Wasser hat mich verschont, ich scheine eine andere Bestimmung zu haben.

K a t h i. Gott — die Freud —! Herr Vetter, der gnädige Herr als Bauer verkleid't —! Ich ruf's ganze Haus z'samm'!

L i p s. Still, um alles in der Welt — ich bin ja kriminalisch!

K a t h i. Ah, gehn S' doch —!

L i p s. Ja, ja, Kathi, in Ernst, was du da siehst *(auf sich zeigend),* das is dem Kriminal verfallen.

K a t h i. Warum nicht gar! Weil a paar dumme Leut' aussprengen, Sie haben absichtlich —

L i p s. 's waren Zeugen! Meine G'sellschaft hat 's Fenster aufg'rissen in Billardzimmer — in dem Augenblick, wie ich auf 'n Balkon zum Schlosser g'sagt hab': „Wart, Kerl, g'freu dich!" — In dem „Wart, Kerl, g'freu dich!" liegt scheinbar vorsätzlicher Mord, das „Wart, Kerl, g'freu dich!" bricht mir 's G'nack und wird zum furchtbaren „Wart, Kerl, g'freu dich!" für mich selbst.

K a t h i. Ich darf also dem Vetter Krautkopf nix sagen?

L i p s. Keine Silb'n, ich bin ersoffen für die ganze Welt! Auf dem allgemeinen Glauben, daß ich bereits den Grundeln Magenbeschwerden verursach, gründet sich

2. Akt, 2. Szene

meine Existenz. 's fatalste is aber, mir is 's Geld aus-
'gangen, bei einer so unverhofften Wasserreis' steckt
man nicht besonders was zu sich. Dieses Bauerng'wand
war meine letzte Dépense.

K a t h i. Lieber Himmel, wenn ich nur die hundert
Gulden noch hätt', die ich Ihnen schuldig war, aber ich
hab s' Ihrem alten Bedienten übergeben.

L i p s. Da haben wir einen Beweis, was das für üble
Folgen haben kann, wenn man zu voreilig is im
Schuldenzahlen.

K a t h i. Ein Glück, daß Euer Gnaden so viel Freunde
haben.

L i p s. Freunde? Kind, ins Wasser g'fall'n bin ich eh
schon, soll ich jetzt abbrennen auch noch wie jeder, der
im Unglück auf Freunde baut?

K a t h i. Wer hat Ihnen denn gerettet?

L i p s. Ich selbst war der edle Mann, dem ich so hoch
verpflichtet bin; ich bin ans Land geschwommen, aber
jetzt erst, seitdem ich im Trocknen bin, fang ich an
unterzugehn. Ich hab zwar drei Freunde, das sind treue
Freund', die drei! Die werden viel für mich tun, das
kann aber erst in einige Wochen g'schehn! Dann flücht
ich ins Ausland. Jetzt soll'n s' aber noch gar nix er-
fahren —

K a t h i. Also haben Sie doch Hoffnungen für die Zukunft?

L i p s. Das wohl, aber die Zukunft is noch nicht da, und
wie hinüberkommen in die Zukunft? Ohne Essen
kommt man nicht durch die Gegenwart. Wenn ich jetzt
das Geld hätt', was ich so oft auf ein einziges Garçon-
diner ausgegeben hab! Heut' z' Mittag komm ich auf
den Punkt, wo ich jeden vierfüßigen Garçon um sein
Diner beneiden werde.

K a t h i *(die Hände ringend)*. Mein Herr Göd in Not —!
Nein, das kann, das darf nicht sein!

L i p s. Ich hab da heraußt so ein schönes Schloß, ich war
schon jahrelang nicht da, weil's mir zu fad war. Wenn
ich jetzt einbrechen könnt' in mein Schloß, wie mir
alle wertvollen Gegenstände raubet —! Aber 's geht
nicht, mein Inspektor tät' mich erwischen, mein eigener
Amtmann liefert' mich ins Kriminal.

Kathi. Gott, wenn ich jetzt eine Millionärin wär' —! Aber ich hab nichts — gar nichts — 's is schrecklich! Was werden S' denn jetzt anfangen, mein lieber, guter gnädiger Herr?
Lips. Sag deinem Vetter, du kennst mich, ich war Geschäftsführer bei deiner Mutter ihrem ehemaligem Miliweib, und leg ein gutes Wort ein, daß er mich in Dienst nimmt.
Kathi. Was? Euer Gnaden wollen dienen auf dem Grund und Boden, wo Sie Herr sind?
Lips. Red nicht, Kathi, ich bin ja kriminalisch!
Kathi. Aber bedenken S' doch — *(nach der Seitentüre rechts sehend)* der Vetter Krautkopf —
Lips. Jetzt, Kathi, red!

DRITTE SZENE

Krautkopf. Die Vorigen.

Krautkopf *(aus der Seitentüre rechts kommend)*. Au weh, mein Kopf — g'schwind, Kathi, schau nach — *(Lips bemerkend)* wer is denn das?
Kathi. Es is — *(für sich)* ich trau mir's nicht zu sagen — *(stockend)* es is —
Lips. Ein Knecht.
Kathi. Er möcht gern hier bei Ihnen, Herr Vetter, in Dienst.
Krautkopf. Mir sind die z'wider, die ich schon in Dienst hab, der ging' mir g'rad noch ab!
Kathi. Sie haben ja vorgestern zwei fortgejagt.
Krautkopf. Richtig, hast recht. Man kann nicht auf alles denken —
Kathi. Und der is so brav, so gut —
Krautkopf. Woher kennst du ihn denn?
Kathi. Ich — ich kenn ihn — *(stockend)* aus der Stadt.
Krautkopf. Aus der Stadt?
Lips *(ganz bäurisch)*. Ich hab d' Mili einig'führt.
Krautkopf. Bei wem war Er denn?

2. Akt, 3. Szene

L i p s *(grob).* Wo werd ich denn g'wesen sein? Bei ein' Miliweib.
K r a u t k o p f *(über Lips' Ton aufgebracht).* Wie red't denn Er mit mir?
L i p s. G'rad so, wie ich mit mein' Miliweib g'red't hab.
K a t h i *(ihn leise zurechtweisend).* Aber, Euer Gnaden —
K r a u t k o p f *(zu Lips).* Möglich, daß s' Miliweib ihre Ursachen hat g'habt, ich vertrag aber Seinen Ton nit — *(für sich)* und wo nur die Kerl'n wieder bleiben — *(ruft zur Seitentüre links hinaus)* he, Seppel, Martin!
L i p s *(zu Kathi).* Ich hab glaubt, auf 'n Land is die Grobheit z' Haus, und nach dem Grad von Flegelei, der in der Stadt Mode is, hab ich mir denkt, muß ich recht —
K a t h i. Ach nein, bei die Bauern halt't man doch auf Art!
K r a u t k o p f *(Lips messend).* Der Pursch schaut mir so ung'schickt aus. *(Laut zu Lips.)* Versteht Er was? Kann Er ordentlich ackern?
L i p s *(erschrocken).* Ackern —? Werden hier Menschen vor den Pflug gespannt —?
K r a u t k o p f. Red Er nicht so einfältig! Kann Er anbauen?
L i p s. An'baut hab ich wohl schon viel —
K r a u t k o p f. Aber auch ordentlich, daß was aufgehn kann?
L i p s. Bei mir is sehr viel auf'gangen.
K r a u t k o p f. Aber noch kein Licht über d' Landwirtschaft.
L i p s. Ich war zehn Jahr' bei einem Miliweib.
K r a u t k o p f. Also paßt Er vermutlich mehr zum Vieh.
L i p s. Soll das eine Kränkung für mich oder fürs Miliweib sein?
K r a u t k o p f. Ich mein, ob Er Kenntnis für den Viehstand hat. Was habts denn für Küh' g'habt?
L i p s. Eine Schweizer Kuh, die hat alle Tag' sechs Maß Obers gegeben.
K r a u t k o p f. Warum nicht gar ein' Milirahm!
L i p s. Für die g'wöhnliche Mili haben wir ordinäre Küh, g'habt.

K r a u t k o p f *(für sich).* Ich werd nicht klug aus dem Menschen. *(Zu Lips.)* Habts ihr Stallfütterung g'habt? —
L i p s. G'schlafen haben wir im Stall, aber gegessen in Zimmer.
K r a u t k o p f. Wer red't denn von euch? Ich mein die Küh'.
L i p s. Die hab ich alle Tag' auf die Wiesen begleit't.
K r a u t k o p f. Schlechte Manipulation! Warum war die Milifrau gegen die Stallfütterung?
L i p s. Vermutlich hat sie den Jodl nicht beleidigen wollen.
K r a u t k o p f. Er is a Narr. Von die Schaf' und von die Ziegen wird Er wohl auch nicht zuviel verstehen?
L i p s. Hm! Die Schaf', wenn s' fromm sein, gehn viele in einen Stall, und wenn's donnert, stecken s' die Köpf' z'samm; sonst ist an ihnen nichts Bemerkenswertes. Um die Geißböck' hab ich mich nie umg'schaut, die sind mir zu fad.
K r a u t k o p f. Fad? Warum sollen g'rad die Geißböck' fad sein?
L i p s. Daß s' b'ständig den nämlichen Witz anbringen mit 'n Schneider-Ausspotten, das heißt nix.
K a t h i. Nehmen S' ihn nur, Herr Vetter — was er nicht kann, wird er schon noch lernen.
L i p s. Freilich, bedenken S' nur meine Jugend!
K r a u t k o p f. Na, meinetwegen, probieren will ich's mit Ihm, Er kann gleich beim Dreschen mithelfen, das wird Er doch können?
L i p s. Lassen S' a Fruhstuck bringen, nach dem Sprichwort: „Der ißt wie ein Drescher" werd ich Ihnen gleich zeigen, daß ich als solcher zu großen Erwartungen berechtige.
K r a u t k o p f. Bei mir wird zuerst gearbeit't und nachher gegessen.

VIERTE SZENE

*Drei Knechte. Die Vorigen.
Die drei Knechte treten zur Türe links herein*

K r a u t k o p f. Na, seids einmal da? G'schwind dazu g'schaut, sonst bring ich euch um!
(Die Knechte sind zur Tenne gegangen und fangen zu dreschen an.)
K r a u t k o p f *(zu Lips, welcher zögert)*. Is's Ihm g'fällig —?
L i p s. Na, ich glaub's, das is ja sehr eine angenehme Beschäftigung. *(Geht zur Tenne und nimmt einen Dreschflegel zur Hand.)*
K a t h i *(ängstlich für sich)*. Wenn er's nur trifft, wie sich's g'hört!
K r a u t k o p f *(zu Lips)*. Aber, Mensch, was treibt Er denn? Er nimmt ja den Flegel verkehrt.
L i p s. Das derf man ja nur sagen, die größten Künstler haben schon manches vergriffen. *(Wendet den Dreschflegel um und drischt mit den übrigen, ohne sich in den taktmäßigen Schlag dieser Arbeit finden zu können.)*
K r a u t k o p f *(zu Kathi)*. Du, mir scheint, mit dem wird's es nicht tun. *(Zu Lips.)* Nicht einmal g'schwind, einmal langsam! Das muß nach 'n Takt gehn.
L i p s *(indem er drischt, zu Krautkopf)*. Die sollen mir nachgeben! Schreiben Sie ihnen ein colla parte vor! *(Trifft den einen Knecht mit dem Dreschflegel auf den Kopf.)*
E r s t e r K n e c h t *(schreit)*. Ah! Der haut uns auf d' Köpf' —
Z w e i t e r *und* D r i t t e r K n e c h t. Zum Teufel hinein!
K r a u t k o p f *(ärgerlich zu Lips)*. Aber Er haut ja die Leut' auf die Köpf', was is denn das?
L i p s *(nach vorne kommend)*. Ich hab halt in Gedanken leers Stroh gedroschen, das hab'n schon gar viele getan.
E r s t e r K n e c h t *(zu Krautkopf)*. Der kann ja nicht dreschen. Schick ihn der Herr Krautkopf lieber aufs Feld zum Aufladen hinaus.

Krautkopf. Was? Is noch nicht alles hereing'führt?
Erster Knecht. Freilich nit!
Krautkopf. Nit? Ich muß euch umbringen. Laufts nur gleich aufs Feld und helfts z'samm', daß noch alles hereinkommt vor 'n Regen.
Die drei Knechte. Schon recht, gleich! *(Gehen durch die Türe, Seite links, ab.)*
Krautkopf. Auf was ich alles z' denken — halt, das darf ich nit vergessen. — *(Lips, welcher den übrigen folgen will, nachrufend.)* He — hört Er nicht —? Dummkopf!
Lips *(sich umwendend)*. Was schaffen S'?
Krautkopf. Wenigstens versteht Er's doch gleich, wenn man Ihn bei Sein' Nam' nennt.
Lips. Eigentlich heiß ich Steffel.
Krautkopf. Er geht jetzt an der Stell' zum Herrn Justitiarius.
Lips *(erschrocken)*. Zu was für einen Arius?
Krautkopf. Zum Justitiarius, mach Er die Ohren auf!
Lips *(für sich)*. Das Wort „Justiz" verursacht mir so ein halswehartiges Gruseln —
Krautkopf. Und sag Er, ich laß fragen, ob die Herren schon da sein und bis wann er mit ihnen herkommen wird.
Lips *(stutzend)*. Was denn für Herrn?
Krautkopf. Geht Ihn das was an? Tu Er, was man Ihm schafft. *(Zu Kathi.)* Kathi! Führ ihn bis ans Eck, da kannst ihm von weitem 's Amtshaus zeigen.
Lips *(für sich)*. Wenn s' mich erkenneten auf 'n Amt! *(Zu Krautkopf.)* Aber was es in Ihrem Stadl für einen Zug hat *(nimmt ein Schnupftuch hervor)*, die Türen, scheint mir, schließen so schlecht! *(Bindet sich mit dem Schnupftuche das Gesicht ein.)*
Krautkopf. Was wären denn das für Heiklichkeiten —?
Lips. Ich hab's Reißen — mein rechter Weisheitszahn is in einem elendigen Zustand. *(Zu Kathi.)* So, Kathi, jetzt gehen wir zum Justitiarius. *(Geht mit Kathi, Seite links, ab.)*

FÜNFTE SZENE

Krautkopf. Dann Gluthammer.

Krautkopf *(allein)*. So ein Knecht is mir noch nicht vorgekommen. Das muß mir auch noch g'schehn, wo ich ohnedem — au weh, mein Kopf!

Gluthammer *(steckt aus dem Getreideschober nur den Kopf heraus)*. Krautkopf!

Krautkopf *(sich umwendend und Gluthammers Gesicht erblickend)*. Was is das für ein Kopf —!?

Gluthammer *(sich aus den Getreidegarben herauswühlend)*. Der meinige —!

Krautkopf *(staunend)*. Gluthammer —!?

Gluthammer. Ein Kopf, den 's Gericht gleich beim Kopf nehmen wird — Brüderl, versteck mich! *(Sinkt an Krautkopfs Brust.)*

Krautkopf. Ich hab glaubt, du bist ersoffen!

Gluthammer. Nicht ich, der Herr von Lips.

Krautkopf. Ich hab glaubt, alle zwei.

Gluthammer. 's Gericht weiß das besser, man forscht mir nach — in jedem Dorf hab ich einen Wachter g'sehn. *(Aufschreiend.)* Ha, sie kommen — Rettung —! Verschluf —!

Krautkopf *(erschrocken)*. Wer —? Wo —? Es is ja nix!

Gluthammer *(sich erholend)*. Nein, es is nix — mir war nur so —

Krautkopf. Ich bin erschrocken, daß ich keinen Tropfen Blut gäbet.

Gluthammer. So erschreck ich schon seit acht Täg! — Wie ich herausg'schwommen bin, bin ich ins Gebüsch gekrochen, die Lipsische Dienerschaft is an mir vorbei mit den Worten: „Er is tot, er is tot!" — Seitdem is das ganze Land mit Wachtern übersät — man forscht — man spürt — ich glaub sogar, das Unglaublichste is geschehn —

Krautkopf. Was denn?

Gluthammer. Man hat einen Preis auf meinen Kopf gesetzt.

Krautkopf. Ah, 's Gericht wirft 's Geld nicht so

hinaus. Aus welchem Grund sollten sie denn glauben,
daß du mit Vorsatz —
G l u t h a m m e r. Ich bin Schlosser, ich muß verstehn,
was ein unangenageltes Geländer is. *(Aufschreiend.)*
Ha — da sind sie —! Stricke — Ketten! Zurück!
Zurück! *(Umfaßt Krautkopf krampfhaft.)*
K r a u t k o p f *(erschrocken).* Wer —? Wo —?
G l u t h a m m e r *(sich erholend).* Es is nix — mir war
nur so —
K r a u t k o p f. Ich krieg völlig 's Herzklopfen — hörst,
wenn du mich nochmal so erschreckst —
G l u t h a m m e r. Brüderl, du hast keinen Begriff, was
das is, wenn man nix als Wachter in Kopf hat.
K r a u t k o p f. Wo hast dich denn aufgehalten, was hast
denn g'macht in die acht Täg?
G l u t h a m m e r *(seufzend).* Ich hab ein sehr freies
Leben geführt, aber ganz ohne Wonne, der Wald war
mein Nachtquartier, der Mond war meine Sonne —
(heftig zusammenfahrend) ha —!!
K r a u t k o p f *(ebenfalls zusammenfahrend).* Was?
G l u t h a m m e r *(aufatmend).* Nix! — Gestern abend
bin ich in diese Gegend kommen, du warst nicht z'
Haus, so hab ich mich da in deinem Stadl ins Getreid'
verkrochen, bin eing'schlafen, mir hat von nix als Ge-
richt geträumt, man hat mich verhört, man hat die
Bank bringen lassen — da hat mich 's Dreschen auf-
g'weckt.
K r a u t k o p f. Und was soll denn jetzt g'schehn?
G l u t h a m m e r. Brüderl, versteck mich!
K r a u t k o p f *(ängstlich).* Wenn aber —
G l u t h a m m e r. Und wenn's dein Tod wär', du bist
mein Freund, du mußt mich verstecken!
K r a u t k o p f. Wenn ich nur wüßt', wo — ich muß erst
derweil — übermorgen wird gebacken — ich versteck
dich in die Backstub'n. Komm!
G l u t h a m m e r. Gut, schieb mich in Backofen hinein!
Wenn s' ihn auch heizen, ich rühr mich nit. Alles eher,
nur kein Gericht, nur kein — *(heftig aufschreiend)* ah!!
Ha, dort — Schergen — Hochgericht — Rad!! *(Klam-
mert sich in großer Angst an Krautkopf.)*

2. Akt, 6. Szene

Krautkopf *(sich von ihm losmachend).* Du bist ja narrisch. Wie kommt denn auf mein' Traidboden a Hochgericht —?
Gluthammer *(vergeblich bemüht, sich zu sammeln).* Siehst es, diese Anwandlungen wandeln immer mit mir auf der Flucht. — Die Knie schnappen z'samm', *(matt)* ich schnapp auf —! *(Sinkt.)*
Krautkopf *(ihn im Zusammensinken auffangend).* So wart nur, bis wir in der Backstuben sind.
Gluthammer *(sehr matt).* Schlepp mich, Brüderl — du bist mein Freund — du mußt mich schleppen.
Krautkopf *(indem er mühsam Gluthammer in die Seitentüre rechts hineinzieht).* Das is a gute Kommission — ich weiß mich nicht aus — au weh, mein Kopf!
(Beide Seite rechts ab; es wird nicht abgeräumt, Tisch und Stühle bleiben in der Verwandlung stehen, die Seitentüren bleiben in der Verwandlung ebenfalls stehen. Verwandlung fällt vor. Die Bühne stellt eine Stube in Krautkopfs Pachthof vor. Mitteltüre, Seitentüren, Tisch und Stühle von früher. Rechts changiert ein Kasten heraus, links im Hintergrunde ein Bett, welches mit Vorhängen ganz geschlossen ist, im Kasten ist eine große Flasche Wein, ein kälberner Schlegel, eine Laterne, Feuerzeug und Brot.)

SECHSTE SZENE

Kathi allein.
Aus Mitteltüre kommend, bringt Milch und Brot.

Kathi. Da hab ich ihm sein Frühstück gericht't, so gut als wir's halt haben auf'n Land. *(Stellt das Mitgebrachte in einen Schrank rechts.)* Jetzt muß ich nur g'schwind hier, weil der Vetter Krautkopf g'schafft hat — mir geht alles so g'schwind von der Hand, ich leb neu auf, weil mein Herr Göd nicht mehr tot is. Wenn ich ihm nur —

2. Akt, 7. und 8. Szene

SIEBENTE SZENE

Krautkopf. Die Vorige.

K r a u t k o p f *(aus der Seitentüre links kommend und in dieselbe zurücksprechend).* Bleib nur ruhig, ich werd dir gleich — *(bemerkt Kathi)* was machst denn du da?
K a t h i. Ich mach Ordnung.
K r a u t k o p f. Ich brauch keine Ordnung. Hinaus, geh dem neuen Knecht entgegen, schau, wo er bleibt.
K a t h i *(halb für sich).* Oh, das laß ich mir nicht zweimal sagen. *(Geht zur Mitteltüre ab.)*

ACHTE SZENE

Krautkopf. Dann Gluthammer inner der Szene.

K r a u t k o p f *(allein, indem er zu einem Schranke rechts geht).* Das is a Verlegenheit mit dem Gluthammer! Wenn er nur nicht mein Freund wär', ich werfet ihn für mein Leb'n gern hinaus, aber —
G l u t h a m m e r *(von innen links).* Was z' essen, Freund! Was z' essen!
K r a u t k o p f. Gleich, Brüderl, gleich! *(Hat aus dem Schranke eine Schüssel mit den Überresten eines Kalbsschlegels und ein Stück Brot genommen und eilt damit in die Seitentüre links ab, spricht dann inner der Szene).* So, da stopf dir 's Maul! *(Aus der Türe herauskommend und noch zurücksprechend.)* Und verhalt dich still, bis ich wiederkomm. *(Macht die Türe zu. Ängstlich, für sich.)* Wann das verraten wurd', daß ich mich untersteh und einen Unterstandgeber mach —
G l u t h a m m e r *(von innen).* Was z' trinken, Brüderl! Was z' trinken!
K r a u t k o p f. Gleich, Freund, gleich! Schrei nur nicht so! *(Eilt zum Schranke rechts, wie früher, und nimmt eine große Flasche Wein heraus.)* Macht der a Spektakel, als wenn er schon verdursten müßt'! *(Eilt in die Seitentüre links ab, spricht inner der Szene.)* Jetzt iß

und trink und gib mir einmal ein' Ruh'! *(Tritt wieder aus der Türe, in welche er noch zurückspricht.)* Meine Leute merken's ja sonst. *(Macht die Türe zu.)* Das is ein Kerl, mein Freund, so eine Einquartierung hat mir noch g'fehlt! — Was hab ich denn jetzt —? Ich werd ganz konfus.

Gluthammer *(von innen).* Brüderl, ein Polster! Bring mir ein Polster!

Krautkopf *(die Hände zusammenschlagend).* Nein, was der alles braucht —! Gleich! *(Eilt zu seinem im Hintergrunde links stehenden Bette.)* Es is zum Fraiskriegen —! *(Nimmt ein Polster.)* Kann der nicht so auf der Ofenbank liegen? *(Eilt in die Seitentüre links ab, spricht inner der Szene.)* Da hast, mach dich komod! Wennst jetzt aber noch einen Muxer machst *(tritt wieder aus der Türe)*, meiner Seel', ich geh aufs Gericht und geb dich an. — *(Schließt die Türe ab.)* Ich glaub, wenn s' in einem Haus Drilling' kriegen, es is kein solches Spektakel. — Ich weiß wirklich nicht — au weh, mein Kopf! *(Geht zur Seitentüre rechts ab.)*

NEUNTE SZENE

Lips und Kathi.

Kathi *(mit Lips durch die Mitte eintretend).* Ich kann mir's denken, daß Euer Gnaden müd' sind; wer g'wohnt is, in Equipagen z' fahr'n und nur auf Teppich' zu gehn —

Lips. Wenn ich nur die Dichter, die die Wiesen einen Blumenteppich, die den Rasen rasenderweise ein schwellendes grünes Sammetkissen nennen — wenn ich nur die a drei Stund' lang barfuß herumjagen könnt' in der so vielfältig und zugleich so einfältig angeverselten Landnatur — ich gebet was drum.

Kathi *(Milch und Brot aus dem Schrank rechts bringend und auf den Tisch rechts setzend).* Um so besser, hoff ich, wird Ihnen 's Fruhstuck schmecken.

Lips. Was servierst du mir denn da?

K a t h i. Brot und Milch.

L i p s. Kipfeln habts ihr nicht?

K a t h i. Das is unser schönstes Brot.

L i p s. Und euer einziger Kaffee besteht in Milich? Wenigstens hat man keine Wallungen zu riskieren. Frische Beeren und kristallhelles Quellwasser ging' jetzt noch ab.

K a t h i. Ich wär' glücklich, wenn ich Euer Gnaden alle Leckerbissen der Erde vorsetzen könnt', aber —

L i p s. Du liebe Kathi, du bist so eine liebe Kathi, daß mir dieses Fruhstück, von deiner Hand gereicht, zum allerleckersten Leckerbissen wird.

K a t h i. Nein, nein, das Leben hier muß Ihnen schrecklich sein.

L i p s. Na, so viel merk ich wohl, daß's mir früher zu gut gangen is und daß nur diese Einförmigkeit des b'ständigen Gutgehens die Sehnsucht nach besonderer Gemütsaufregung in mir erzeugt hat. Jetzt geht's aber schon acht Tag' so, und acht Tag' Aufregung wäre genug Aufregerei; und jetzt hab ich erst noch eine ganze aufgeregte Zukunft zu erwarten. Und dann is noch was — noch was —

K a t h i *(teilnehmend).* Was denn? Sag'n S' mir alles, Herr Göd!

L i p s. O du liebe Kathi, du kommst mir allweil lieber vor! *(Will sie ans Herz drücken.)*

K a t h i. Aber, Göd —

L i p s. Gleich a Milich drauf, das kühlt. *(Frühstückt gierig und spricht währenddem weiter.)* Was mir außerdem is, das kannst du gar nicht beurteilen. Nicht wahr, du hast noch niemanden umgebracht?

K a t h i. Was fallt Ihnen nicht noch ein!

L i p s. Na, wenn sich zum Beispiel einer aus Lieb' zu dir was angetan hätt', wärst du seine indirekte Mörderin, Todgeberin par distance.

K a t h i. Gott sei Dank, so eine grimmige Schönheit bin ich nicht.

L i p s. O Kathi! Du weißt gar nicht, was du für eine liebe Kathi bist! *(Umfaßt sie.)*

K a t h i *(sich losmachend).* Oh, gehn S' doch —

L i p s. Gleich wieder a Milich drauf! *(Trinkt.)* So, jetzt bin ich wieder ein braves Bubi. — Daß ich dir also sag, ich hab Visionen.
K a t h i. Die Krankheit kennen wir nicht auf 'n Land.
L i p s. Das sind Phantasiegespinste, in den Hohlgängen des Gehirns erzeugt, die manchmal heraustreten aus uns, sich krampusartig aufstellen auf dem Niklomarkt der Einsamkeit — erloschne Augen rollen, leblose Zähne fletschen und mit drohender Knochenhand aufreiben zu modrigen Grabesohrfeigen, das is Vision.
K a t h i. Nein, was die Stadtleut' für Zuständ' haben —
L i p s. Wenn's finster wird, seh ich weiße Gestalten —
K a t h i. Wie is das möglich? Bei der Nacht sind ja alle Küh' schwarz.
L i p s. Und 's is eigentlich eine Ochserei von mir, hab ich ihn denn absichtlich ertränkt? Nein! Und doch allweil der schneeweiße Schlossergeist! — Du machst dir keine Vorstellung, wie schauerlich ein weißer Schlosser is.
K a t h i. So was müssen S' Ihnen aus 'n Sinn schlagen.
L i p s. Selbst diese Milch erinnert mich — wenn s' nur a bisserl kaffeebraun wär' — aber weiß is mein Abscheu. *(Stoßt die Milchschüssel von sich, daß einiges davon auf den Tisch herausläuft.)*

ZEHNTE SZENE

Krautkopf. Die Vorigen.

K r a u t k o p f *(welcher bei den letzten Worten aus der Seitentüre rechts getreten ist, mit einem Schreibzeug in der Hand).* Der pritschelt ja mein' ganzen Tisch an, was wär' denn das für a Art?
L i p s. Ich hab g'frühstückt.
K r a u t k o p f. Das tun die Knecht' bei mir in Vorhaus. *(Zu Kathi.)* Ich glaub, du bist b'sessen, daß du den Purschen da herein —
K a t h i. Weil er Zahnweh hat.
K r a u t k o p f. Na ja, wickel ihn lieber gar in Baumwoll' ein, den lieb'n Narr'n.

K a t h i *(den Tisch abwischend)*. Wird gleich wieder alles sauber sein.
K r a u t k o p f. Weiter mit der Milchschüssel, da g'hört 's Tintenzeug her. *(Stellt das mitgebrachte Schreibzeug auf den Tisch.)*
L i p s. Der Herr Justitiarius läßt sagen, die Herren sind schon da, und er wird gleich kommen mit ihnen.
K r a u t k o p f. So? Komm, Kathi, wir gehn ihnen entgegen.
K a t h i. Wem denn?
K r a u t k o p f. Den lachenden Erben des seligen Herrn von Lips.
L i p s *(erschrocken aufschreiend)*. Des seligen —!?
K r a u t k o p f. Na, was is? Was schreit Er denn?
L i p s. Der Lipsische Tod geht mir so z' Herzen, 's war so ein lieber, scharmanter Mann.
K a t h i. Ein herzensguter, vortrefflicher Herr!
L i p s. 's is ewig schad' —
K r a u t k o p f. Warum nit gar! Jetzt is halt um ein' Narr'n weniger auf der Welt — den Schaden kann die Welt verschmerzen.
L i p s. Erlaub'n S' mir, er war —
K r a u t k o p f. Halt Er 's Maul, ich weiß's besser, was er war, er war ein Verruckter —
L i p s. Er war ein Zerrissener —
K r a u t k o p f. Nit wahr is's! Er war ein *ganzer* Dalk, darüber is nur *eine* Stimm'. Komm, Kathi — und Er *(zu Lips)* bleibt da zur Bedienung bei der Amtshandlung, wann die Herren was schaffen. *(Geht mit Kathi zur Mitteltüre ab.)*

ELFTE SZENE

Lips allein.

L i p s. Der red't recht hübsch über mich, ich muß das alles anhören und tun dabei, als ob ich's gar nit wär'! Da braucht man schon eine Portion Verstellung. Übrigens is es nicht gar so arg; mein Trost is, es gibt Situationen, wo die Verstellung eine noch weit schwierigere Aufgabe ist —

Lied

1.

's betrügt ein' die Frau, 's wird ein' g'steckt von die Leut'.
„Ha, Elende, jetzt mach zum Tod dich bereit!"
So möcht man ihr donnern ins Ohr in der Hitz'
Und ihr antun zehn Gattungen Tod auf ein' Sitz.
Doch halt — lieber nachspionieren ohne G'säus,
Sonst lacht s' ein' noch aus, sagt, man hat kein' Beweis.
Jetzt kommt s' auf'putzt ins Zimmer. „Ich geh in d' Visit',
's hat a Freundin mich eing'lad'n!" — „No ja; warum nit!
A Busserl, mein Herz, unterhalte dich nur!"
[: Sich so zu verstell'n, na, da g'hört was dazur. :]

2.

Man red't mit ein' Herrn, der kann nutzen und schad'n,
Mit dem sich z' verfeinden, das möcht ich kein' rat'n,
Sein Benehmen is stolz, was er spricht, das is dumm,
Den ein' Esel zu heißen, man gäbet was drum! —
Doch halt — für den Esel müßt' teuer man büßen,
Lieber legt man sich ihm untertänig zu Füßen:
„Euer Gnaden, Dero Weisheit und hoher Verstand
Geht mit Hochdero Edelsinn stets Hand in Hand,
Euer Gnad'n strahl'n als Musterbild uns allen vur!"
[: Sich so zu verstell'n, na, da g'hört was dazur. :]

3.

Ein Herr, der macht Musik, blast fleißig Fagott,
Seine Frau, die macht Vers', man möcht krieg'n d' Schwer'not,
Der Sohn patzt in Öl. — „Leut', wo habts euer Hirn?"
Möcht man ihnen gern sag'n, „ös tuts euch nur blamier'n!"
Doch halt — man is ja in die Tochter verliebt,
Und die kriegt a drei Häuser, wann 's Elternpaar stirbt,
Jetzt muß man dem Alten sein' Blaserei lob'n,
Der Frau sag'n: „Sie stehen auf dem Parnaß ganz ob'n",

Dem Lackel: „Sie sein ein' Correggio-Natur" —
[: Sich so zu verstell'n, na, da g'hört was dazur. :]

4.

Man liebt eine Schwärmerin, jausent bei ihr,
Sie bringt ein' a Mili, und im Leib hat man Bier,
Dann kommt s' noch mit Erdbeer'n, die sie selber tut
  pflücken,
Man möcht ihr gern sag'n: „Kind, da krieg i ja 's
  Zwicken!"
Doch halt — das zerstöret die Illusion,
Der Schwärmerin z' lieb muß man essen davon —
Und ausrufen während dem Schmerzenverbeißen:
„Ach, sieh dort die Taube, die Lämmer, die weißen,
O wie reizend der Abend auf der blumigen Flur!"
[: Sich so zu verstell'n, na, da g'hört was dazur. :]

5.

Ein' dramatischen Künstler wird mitg'spielt oft übel,
Und dann hat man Täg, wo man b'sonders sensibel,
Man feind't d' ganze Welt an, sich selber am meisten,
Nein, in dieser Stimmung, da kann ich nichts leisten —
Doch halt — glaubst denn, Dalk, daß das wen int'r-
  essiert,
Ob ein Unrecht dich kränkt oder sonst was tuschiert?
's is simi, 's wird auf'zog'n, jetzt renn auf die Szen'!
(Im Thaddädl-Ton.) „O jegerl, mein' Trudl, die is gar
  so schön,
Und i g'fall' ihr, ich bin ein kreuzlustiger Bur!"
[: Sich so zu verstell'n, na, da g'hört was dazur. :]
(Seite rechts ab.)

ZWÖLFTE SZENE

*Stifler, Sporner, Wixer, Justitiarius, Krautkopf, Kathi;
dann Lips (kommen zur Mitteltüre herein).*

K r a u t k o p f *(im Eintreten zu den Herren)*. Bitte
  untertänigst, meine niedrige Wohnung zu beehren.
S t i f l e r. Wir werden Sie nicht lange inkommodieren.
J u s t i t i a r i u s. Nach nunmehro gepflogener Besichti-

2. Akt, 12. Szene

gung des Schlosses wolle es den verehrlichen pleno titulo Herren Erben des verewigten Herrn von Lips beliebsam sein, zur Beaugenscheinigung der Pachthöfe zu schreiten.

Krautkopf. He, Steffel.

Lips *(das Gesicht mit dem Schnupftuch verbunden, aus der Seite rechts kommend, mit verstellter Stimme).* Was schaffen S'?

Krautkopf. Den Tisch in d' Mitte und noch a paar Sesseln herg'stellt!

(Lips stellt die Stühle und den Tisch mit Hilfe des Krautkopf und der Kathi in die Mitte.)

Wixer. Auf Ehr', so a Gut is nit übel.

Sporner. Goddam!

Justitiarius. Pächter Krautkopf, Ihr könnt den morgen fälligen Pachtzins sogleich an die laut hier in Händen habenden Testamenti *(zieht eine Schrift hervor)* neuen Gutsherren Stifler, Sporner und Wixer pleno titulo erlegen. Lest hier den Paragraphum primum! *(Zeigt Krautkopf das Testament und legt es auf den Tisch.)*

Wixer *(zu Stifler und Sporner, ohne den ganz nahe stehenden Lips zu beachten).* Ich bin nit bös drüber, daß der Lips ersoffen is.

Stifler. Ich auch nicht, bei Gott!

Sporner. Sein Spleen war unerträglich.

Stifler. Die passendste Grabschrift für ihn wäre: „Er war zu dumm für diese Welt."

Wixer. 's is eigentlich a Schand' für uns, daß wir so einen Freund g'habt haben.

Lips *(erstaunend, für sich).* Meine Ohren kriegen den Starrkrampf.

Kathi *(für sich).* Sind das auch Menschen —! *(Leise zu Lips.)* Und denen haben Sie Ihr Vermögen vermacht?

Lips *(leise zu Kathi).* Alles; 's war an dem Tag, wie ich mich hab erschießen woll'n.

Krautkopf *(zu Lips).* Nimm Er doch 's Tüchel vom G'sicht!

Lips *(zu Krautkopf).* Ich kann nicht, mein Weisheitszahn zeigt sich immer miserabliger.

S t i f l e r. Also vorwärts! Sehen wir uns alles an! *(Will die Seitentüre links öffnen und findet selbe verschlossen.)* Oho —

K r a u t k o p f *(verlegen).* Ich werd gleich den Schlüssel — wo hab ich ihn denn nur hing'legt —? Wollten die gnädigen Herren indessen die Wirtschaftslokalitäten besehn? Kathi, führ die Herren!

S t i f l e r. Ja, ja, schönes Kind, führ uns herum!

J u s t i t i a r i u s. Wenn es den verehrlichen pleno titulo —

L i p s *(für sich).* Halunken!

J u s t i t i a r i u s. — gefällig ist —

W i x e r. Gut, schaun wir die Lokalitäten an!

(Stifler, Sporner, Wixer, Justitiarius und Kathi gehen zur Mitteltüre ab.)

K r a u t k o p f *(nachrufend).* Ich werd die untertänige Ehre haben, nachzufolgen! — *(Zu Lips.)* Was hat Er da Maulaffen feil?

L i p s *(zögernd).* Ich hab nur —

K r a u t k o p f. Marsch, begleit Er die Herren!
(Lips geht zur Mitteltüre ab.)

K r a u t k o p f *(allein).* Wo steck ich jetzt den Freund Gluthammer hin —? *(Indem er die Seitentüre links aufschließt.)* Wenn ich nochmal auf d' Welt komm — alles — nur keinen Freund! *(Geht zur Seitentüre links ab.)*

DREIZEHNTE SZENE

Lips allein, zur Mitteltüre vorsichtig eintretend.

L i p s. Herr Krautkopf! Er is nicht da! G'scheit! Also so betrauern die Erben einen Dahingeschiedenen? Den möcht ich sehen, dem da nicht der Gusto zum Sterben vergeht! — Ha — der Gedanke is Gold wert! — *(Er setzt sich an den Tisch und schreibt auf der anderen Seite des daselbst liegengebliebenen Testamentes.)* Über den Artikel sollt ihr euch wundern! Wart'ts, meine guten Freund', weil ihr gar so gute Freund' seids — muß ich euch eine kleine Überraschung machen. — So, den 19. Juni — am 20. bin ich ins Wasser g'fall'n, am 19. war ich noch Mann und Bürger. Punktum, aber keinen Streusand drauf! *(Er steht auf.)* Jetzt is mir um einige Zenten leichter ums Herz! *(Eilt durch die Mitteltüre ab.)*

VIERZEHNTE SZENE

Krautkopf. Gluthammer.

Krautkopf *(aus der Seitentüre links tretend und in dieselbe zurücksprechend).* Wart nur, ich mach dir ein Licht. *(Indem er eine auf dem Schranke stehende Laterne und Feuerzeug nimmt und Licht macht.)* Ich werd den Augenblick —

Gluthammer *(Weinflasche und Schüssel in der Hand, das Polster unter dem Arm, kommt aus der Seitentüre links).* Aber du, Brüderl —

Krautkopf. Was bleibst denn nicht drin, wir müssen ja bei der drinnigen Türe hinaus in Stadl.

Gluthammer. Du mußt nit etwan glauben, daß ich den ganzen Tag auskomm mit dem Lackerl Wein und dem bisserl Schlegel.

Krautkopf. Wirst schon mehr krieg'n, fürcht dich nit!

Gluthammer. Für einen Freund is nix zuviel.

Krautkopf. Merk auf jetzt, in mein' Getreid'stadl, wo ich dich g'funden hab, sind drei Falltüren; 's is alles eins, in welche du hinuntersteigst, denn die Türen von einem Keller in andern sind offen.

Gluthammer. Brüderl, das treff ich nicht, du mußt mich begleiten.

Krautkopf *(ärgerlich).* Ich soll ja aber — hörst, mit dir hab ich viel Keierei!

Gluthammer. Was man für einen Freund tut, darf einem nie schwer ankommen. Und in deinem Keller wird's weiter keine Kälte haben! Du, ich nehm mir noch was mit. *(Geht zu Krautkopfs Bett, nimmt Bettdecke, Schlafhaube und die noch übrigen zwei Pölster.)*

Krautkopf *(wie oben).* Du nimmst mir ja mein ganz's Bett —!

Gluthammer. Mußt dich halt so behelfen.
Krautkopf. Der Kerl raubt mich förmlich aus.
Gluthammer. Für einen Freund derf ei'm 's Leben nicht z'viel sein.
Krautkopf *(die Laterne, dann die Weinflasche und Schüssel, welche Gluthammer, als er die Betten nahm, auf den Tisch gesetzt, mitnehmend).* Jetzt schau, daß d' weiterkommst!
Gluthammer *(im Abgehen).* Für so erhabene Gefühle hat halt mancher Mensch keinen Sinn! *(Mit Krautkopf zur Seitentüre links ab.)*

FÜNFZEHNTE SZENE

Stifler, Sporner, Wixer, Justitiarius, Lips treten zur Mitteltüre ein.

Stifler *(mit seinen Freunden in Streit).* Ich werde der Erbschaft wegen nicht zum Bauer werden, ich verkaufe das Gut.
Sporner. Und ich behalte es der Jagd wegen.
Wixer. Da hab ich, glaub ich, auch was dreinz'reden; Eigenmächtigkeiten leid ich nicht.
Stifler. Die Stimmenmehrheit entscheidet.
Sporner. Goddam!
Wixer. Ich werd euch gleich zeigen, daß meine Stimm' die ausgiebigste is!
Stifler. Du hast uns gar nichts zu zeigen, verstanden!
Wixer. Mir wird's jetzt gleich a paar Grobheiten herauslassen.
Stifler. Du bist ein gemeiner Mensch!
Justitiarius. Erlauben die pleno titulo Herren Erben —
Wixer *(aufgebracht).* Ei was —!
Justitiarius. Wir wollen sehen, ob nicht vielleicht ein Paragraphus testamenti die in Rede stehende Causam litis entscheidet.
Wixer. Mein'twegen, schaun S' nach, aber das sag ich gleich —

SECHZEHNTE SZENE

Krautkopf. Die Vorigen.

K r a u t k o p f *(zur Seite links eintretend).* Ich hab schon den Schlüssel untertänigst gefunden.
J u s t i t i a r i u s *(hat im Testamente gelesen).* Hm, sonderbar — diesen Articulum hab ich doch früher gar nicht bemerkt —
K r a u t k o p f *(zu den drei Herren).* Wenn es den sämtlichen Euer Gnaden jetzt gefällig is —
J u s t i t i a r i u s *(kopfschüttelnd).* Hm! Hm!
S t i f l e r. Was ist's, Herr Justitiarius?
W i x e r. Was bedeutet der juridische Humser?
J u s t i t i a r i u s. Hier steht ja ein förmlicher Widerruf des Testamentes.
S t i f l e r, S p o r n e r, W i x e r *und* K r a u t k o p f. Widerruf —!?
J u s t i t i a r i u s. Eigene Handschrift des Wohlseligen, unterzeichnet den neunzehnten Juni — alles richtig! *(Liest.)* „Da es möglich ist, daß ich morgen mein Grab in den Wellen finde, so erkläre ich hiemit obiges Testament für null und nichtig und ernenne zur Erbin meines sämtlichen Vermögens sowohl im Baren wie in Realitäten: meines Pächters Peter Krautkopf Nichte, Katharina Walter."
K r a u t k o p f *(in größtem Staunen aufschreiend).* Die Kathi —!?
S t i f l e r, S p o r n e r, W i x e r *(ebenso).* Was für eine Kathi —!??
K r a u t k o p f. Die Kathi —!!
(Allgemeine Gruppe des höchsten Erstaunens, Lips schleicht sich mit triumphierendem Lächeln nach dem Hintergrunde. Im Orchester fällt passende Musik ein.)

Der Vorhang fällt.

DRITTER AKT

Dieselbe Stube wie am Ende des vorigen Aktes.

ERSTE SZENE

*Stifler. Sporner. Wixer. Justitiarius. Krautkopf.
Lips im Hintergrunde.
Beim Aufrollen des Vorhangs sind alle in derselben
Gruppe des Erstaunens wie am Ende des vorigen Aktes.*

Stifler, Sporner, Wixer, Krautkopf. Die Kathi —!!
Sporner *(zum Justitiarius)*. Und können wir da nicht prozessieren?
Justitiarius *(die Achsel zuckend)*. Prozessieren wohl —
Wixer. Aber g'winnen tät' am End' nur der Advokat dabei.
Justitiarius. Der hier geschriebene Widerruf ist vollkommen rechtskräftig.
(Alle verlassen den Tisch.)
Krautkopf. Und der Herr Justitiarius is der Mann, der's versteht. Meine Kathi erbt universal.
Stifler *(für sich)*. Das Mädchen is hübsch, jetzt sogar schön — wenn es mir gelänge —
Sporner *(für sich)*. Wenn ich sie zu meiner Lady machte —
Wixer *(für sich)*. Wann ich mich ansetz', g'hört d' Kathi und 's ganze Gerstel mein.
Krautkopf *(für sich)*. Schon viele Vettern haben ihre Muhmen geheirat't.
Justitiarius *(für sich)*. Ich Dummkopf mußte gerade vergangenen Winter die dritte Frau nehmen!
Krautkopf. Der Kathi muß ich aber vor allem ihr Glück verkünden.
Lips *(im Hintergrunde für sich)*. Jetzt, feines Gehör,

lausch hinter dem groben Vorhang. *(Versteckt sich hinter Krautkopfs Bettvorhang.)*
K r a u t k o p f *(ist zur Seitentüre rechts gegangen und ruft hinein).* Kathi —!

ZWEITE SZENE

Kathi. Die Vorigen.

K a t h i *(trägt einen Präsentierteller mit Weinflasche und Gläsern, tritt durch die Seitentüre rechts ein).* Da bin ich schon, Herr Vetter! *(Setzt das Mitgebrachte auf den Tisch.)*
S t i f l e r. Reizendes Wesen! } zugleich, indem sie
S p o r n e r. Schöne Miß! } sich scherwenzelnd
W i x e r. Engel von ein' Schatz! } um Kathi drängen
K r a u t k o p f. Meine liebe Kathi! —
K a t h i *(auf den Wein zeigend).* Wann's den gnädigen Herrn beliebt —
S t i f l e r. Von deiner Hand kredenzt, muß jeder Trank zum süßen Nektar werden.
K a t h i. Nektar? Da wachst keiner bei uns.
W i x e r *(ihre Hand ergreifend).* Liebes Handerl das! *(Hält seine Hand zu der ihrigen.)* Was glaubst a so? Stund' gar nit übel z'samm', das Paar Händ'?
S p o r n e r *(sich ihr zärtlich nähernd).* Mistreß Kitty —!
W i x e r *(Sporner wegdrängend).* Du wirst gleich ein' Schupfer bis London krieg'n!
S t i f l e r *(zu Kathi).* Die elegantesten jungen Leute werden sich bemühn — ich zum Beispiel — man sieht mir's nicht an: Ich bin fünfundvierzig! Die Vierzig sind das schönste Alter für den Ehemann.
K r a u t k o p f *(zu Kathi, kokettierend).* Ich bin noch schöner in die Vierzig, ich bin siebenundvierzig.
K a t h i *(halb für sich).* Ich weiß gar nicht, was die Herrn alle woll'n? Sie schaun mich an mit ganz halbverdrehte Augen —
J u s t i t i a r i u s. Sie wünschen samt und sonders die reizende pleno titulo Universalerbin des seligen Herrn von Lips zu eh'lichen.

Kathi *(verwundert)*. Wer is Universalerbin?

Krautkopf. Du, meine Kathi, du!

Justitiarius *(auf das in Händen haltende Testament zeigend)*. Unbestreitbare Heres ex asse, hier steht's geschrieben.

Kathi *(mit Entzücken)*. Seine Erbin —!? — Ich — ich bin seine Erbin — Gott, diese Freud' —!!

Krautkopf. Ich g'freu mich mit dir und will mich ewig mit dir g'freun, du mein Augapfel, du!

Kathi *(in freudigster Aufregung)*. Wo is denn der Steffel? — Ich muß mit 'n Steffel reden!

Stifler, Sporner, Wixer *(befremdet)*. Steffel —!?

Krautkopf *(ärgerlich)*. Zu was mit 'n Steffel? Ich glaub gar —

Kathi. Wo is er? — Ich muß ihm's sagen!

Krautkopf. Ich glaub gar — mir war schon früher so — du, ich wollt' dir's nicht raten, in den Purschen verliebt zu sein.

Stifler, Sporner, Wixer. Wo ist der Steffel?

Wixer *(die Reitgerte schwingend)*. Ich hab ein Hausmittel, ihm die Lieb' z' vertreib'n.

Krautkopf. Wo steckt denn der Kerl?

Kathi *(ängstlich, für sich)*. Wenn s' über ihn herfallen, erkennen sie ihn, und er is verloren —

Stifler, Sporner, Wixer. Den Steffel aufgesucht! *(Wollen zur Mitteltüre links ab.)*

Kathi *(hat eine Idee erfaßt)*. Halt — halt, meine Herrn!!

Stifler, Sporner, Wixer *(umkehrend)*. Was ist's, Kathi?

Kathi. Wer sagt Ihnen denn, daß ich in Steffel verliebt bin?

Stifler. Du willst ihm ja so eilig dein Glück verkünden.

Kathi. Das hat ganz einen andern Grund! Muß man denn gleich in jeden Steffel verliebt sein, wenn man ihm was zu sagen hat?

Stifler, Sporner, Wixer. Also nicht —?

Krautkopf. Steffelt sich nix in dein' Herzerl?

3. Akt, 2. Szene

K a t h i. Könnt' mir nicht einfall'n. Is denn was Schöns an ihm?
S t i f l e r. Die tölpelhafte Haltung!
K a t h i. Nicht wahr?
K r a u t k o p f. Das Kopfhinunterstecken!
K a t h i. Keinen aufrichtigen Blick!
S p o r n e r. Ein Maul wie ein Bulldogg!
W i x e r. Mir kommt er auch kralewatschet vor.
K a t h i. Das hab ich alles auch bemerkt. Wie können Sie mir so einen Gusto zutrau'n?
S t i f l e r, S p o r n e r. Verzeih, holdes Kind! \
W i x e r. Nur kein' Verschmach deßtwegen! / *zugleich*
K r a u t k o p f. Ich hab dir Unrecht getan.
K a t h i *(beiseite)*. Ich muß alles anwenden, daß sie mir nicht über den armen Herrn kommen. *(Laut.)* Um Ihnen einen Beweis zu geben, kündig ich Ihnen allerseits an, daß ich mir noch heut' meinen Zukünftigen wähl.
S t i f l e r, S p o r n e r, W i x e r. Scharmant! *(Jeder für sich.)* Ich bin der Glückliche.
K r a u t k o p f *(zu Kathi)*. Könntest du undankbar sein für alle Wohltaten —?
K a t h i *(mit Beziehung)*. Undankbar —? Das soll mir kein Mensch nachsag'n.
K r a u t k o p f *(zärtlich)*. Also hab ich Hoffnung?
K a t h i *(für sich)*. Der geniert mich am wenigsten und muß mir helfen, daß ich die andern los werd! — *(Laut und etwas kokett zu Krautkopf.)* Ich will noch nix verraten — aber — 's hat stark den Anschein — man kann nicht wissen, Herr Vetter, was g'schieht. *(Läuft zur Mitteltüre ab.)*
K r a u t k o p f *(sich vor Freude mit beiden Händen am Kopf fassend)*. Glücklichster aller Krautköpf' —!!
S t i f l e r, S p o r n e r, W i x e r *(betroffen)*. Was wär' das? Wär' nicht übel — Kathi! *(Eilen ihr nach, zur Mitteltüre ab.)*
J u s t i t i a r i u s *(für sich)*. Bin neugierig, ob sie was ausrichten, die pleno titulo Herrn. *(Geht den Vorigen nach.)*

DRITTE SZENE

Krautkopf. Dann Lips.

Krautkopf *(allein).* Wenn die mir s' umstimmeten — ich laß 's Madl nicht mehr aus 'n Augen. *(Will mit großen Schritten zur Mitteltüre abeilen.)*

Lips *(aus seinem Versteck hervorstürzend, hält Krautkopf am Rockschoß fest.)* Halt! Nicht von der Stell'!

Krautkopf *(erschrocken aufschreiend).* Ah! *(Steffel erkennend.)* Er is's!? Impertinenter Pursch, Er wird gleich was fangen.

Lips *(durchaus in heftiger Aufregung).* Ich hab schon was g'fangt, Sie kommen mir nicht mehr aus.

Krautkopf. Kecker Knecht —!

Lips. Wahnsinniger Herr!

Krautkopf *(sich losmachen wollend).* Er untersteht sich, sich zu vergreifen?

Lips. Sie unterstehn sich, sich zu vereh'lichen?

Krautkopf. Ich sag Ihm's in guten —

Lips. Ich sag Ihnen's in bösen.

Krautkopf. Er wagt es, zu drohen?

Lips. Sie wagen es, zu lieben?

Krautkopf. Geht das Ihn was an?

Lips. Heiraten —? Greis, was ficht dich an?!

Krautkopf. Was Greis? Ich bin ein rüstiger Mann in besten Jahren.

Lips *(grimmig).* Werden wir gleich sehn — gut für dich, wenn du rüstig bist! *(Streckt sich die Ärmel auf.)*

Krautkopf *(ängstlich werdend, für sich).* Er is aus Lieb' rasend worden — ich muß andre Saiten aufziehn. — *(In freundlichem Tone, indem er die Türe zu gewinnen sucht.)* Aber, Steffel —!

Lips *(ihm den Weg abschneidend).* Wart, Pachter, deine Seel' wird jetzt gleich ihren irdischen Pachthof verlassen.

Krautkopf *(immer ängstlicher).* Steffel — gewissenloser Steffel, du willst meine Altersschwäche mißbrauchen —?

Lips. Aha, jetzt is er auf einmal alt und schwach! Warum, du rüstiges Bräutigamml du in die besten Jahre!

Das Jahr is dein schlechtestes, denn es enthalt't deinen Todestag!

Krautkopf *(für sich).* Einem Narr'n muß man nachgeben — *(laut, in sehr begütigendem Tone)* sag nur, Steffel, was d' willst?

Lips *(gebieterisch).* Sie werden die Kathi nicht heiraten!

Krautkopf *(sehr nachgiebig).* Mein'twegen, so heirat't s' ein andrer.

Lips *(wie oben).* Die andern derfen s' auch nicht heiraten.

Krautkopf. Weißt was? Wirf s' hinaus, die andern.

Lips. Das is Ihr Geschäft, Sie sind Herr im Haus, drum befehl ich Ihnen —

Krautkopf. Ich sag den Herrn, du laßt sie hinauswerfen.

Lips. Auf meine Verantwortung!

Krautkopf. Siehst, ich tu dir ja alles z'lieb'. *(Für sich.)* Der soll sich g'freun! *(Laut.)* Adieu! *(Geht zur Mitteltüre ab.)*

Lips *(barsch).* Adieu! *(Für sich.)* Imponieren muß man dem Bauernvolk —

Krautkopf *(den Kopf zur Türe hereinsteckend).* Schaffst vielleicht sonst noch was? Derfst es nur sagen!

Lips *(sehr barsch).* Nein, sonst nix!

Krautkopf *(den Hohn durchblicken lassend).* Siehst, Stefferl, ich bin ganz zu dein' Willen. *(Zieht den Kopf zurück.)*

VIERTE SZENE

Lips allein.

Lips. Ich glaub, der halt't mich für ein Narr'n —? Egal; weit g'fehlt hat er auf kein' Fall, in meiner Lag' wär's G'scheitbleib'n ein Mirakel. Ich hab zu viel Malheur mit meine Erben — so red't die Kathi über mich in dem Augenblick, wo ich ihr Allesvermacher bin? Tölpel, kralewatschet, Bulldogg — diese Bemerkungen hat sie auch gemacht, 's is zu arg! Meiner Seel', wenn ich nochmal stirb, so vermach ich alles dem Taubstummeninstitut, diese Erben können mir doch nix nachreden. Ja, solche Leut' wie die Kathi und meine Erben muß's auch geben; es muß a Unterschied sein unter d' Menschen, das laßt sich die Welt nicht streitig machen; es is ja eine ihrer famosesten Eigenschaften, daß allerhand Leut' herumgehen auf ihr.

Lied

1.

Zwei hab'n miteinander gehabt einen Streit
Und hassen sich bitter seit dieser Zeit,
's red't keiner, 's schimpft keiner, doch lest man den Pick
Nach zwanzig Jahr'n noch ganz frisch in die giftigen
                            Blick'! —
Zwei andere, die schimpfen sich Spitzbub', Filou,
Betrüger und Lump, Gott weiß, was noch dazu,
Jetzt zahlt ein Vermittler a Champagnerboutelli,
Beim zweiten Glas lächeln die Todfeind' schon seli,
Beim dritten schluchzt jeder: „Freund, ich hab g'fehlt!" —
So gibt es halt allerhand Leut' auf der Welt.

2.

's hat einer von d' Güter sechstausend Guld'n Renten
Und extra ein Pack Metallique noch in Händen,
Er zahlt alls komptant, und doch sagt er zum Schneider:
„Hab'n S' die Güte, bis morgen machen S' mir den
                            Rock weiter!"
Ein andrer, der grad aus 'n Schuldenarrest kummt,
Macht Spektakl im Gasthaus, daß alles verstummt,
Er wirft jedem Kellner die Teller an 'n Kopf,
Er beutelt den Schusterbub'n jedesmal den Schopf,
Und doch sieht der Wirt und der Schuster kein Geld! —
So gibt es halt allerhand Leut' auf der Welt.

3.

Ein Herr, der sieb'n Sprachen hat gründlich studiert,
Der Französisch als wie Deutsch sowohl schreibt als
                            parliert,
Der setzt sich hinein ins französische Theater,
Sein Lächeln ist still und sein Beifall ein stader. —

3. Akt, 4. Szene

Ein andrer, der, wenn er nit Deutsch zur Not kunnt',
Sich rein müßt' verleg'n drauf, zu bell'n wie a Hund,
Der tut, wie die Leut' über einen französischen Spaß
lachen.
Der für ihn spanisch is, gleich einen Mordplärrer machen,
Schreit: „Très-bien!" und: „Charmant!", wie von Wohl-
g'fall'n beseelt! —
So gibt es halt allerhand Leut' auf der Welt.

4.

's geht einer um neune aus 'n Wirtshaus. „Schau, schau,
Der traut sich nit, daz' bleib'n", sag'n d' Freund', „wegen
der Frau!" —
„Der Frau zulieb" g'schieht's allerdings", antwortet er,
Trotzdem aber weiß man, er is z' Haus der Herr. —
Ein andrer, der haut mit der Faust auf 'n Tisch:
„Wie die Meine an Mukser macht, kriegt sie glei Fisch,
Ich bin rein Tyrann!" — Jetzt versagt ihm die Stimm',
Im Spiegel hat er's g'sehn, 's steht sein Weib hinter ihm,
Drauf laßt sich beim Ohrwaschel heimführ'n der Held! —
So gibt es halt allerhand Leut' auf der Welt.

5.

Ein Mädl is fröhlich, ohne sich viel z' genieren,
Sie lacht mit, wenn d' Herrn etwas Lustigs disk'rieren,
Unterstund' sich aber wer, sie nur z' nehmen beim Kinn,
Der derf schaun, daß er fortkommt, sonst hat er eine
drin. —
A andre schlagt d' Aug'n allweil nieder — o Gott!
Wenn a Mann sie nur anschaut, so wird s' feuerrot,
Sie lacht nit, sie red't nit, sie flüstert nur scheuch,
Doch wie man ihr d' Hand drückt, erwidert sie's gleich
Und sagt verschämt: „Ja", wenn man sie wohin
bestellt! —
So gibt es halt allerhand Leut' auf der Welt.

Verwandlung

Die Bühne stellt denselben Getreidespeicher vor wie im Anfang des zweiten Aktes. Es ist Abend. Das Mitteltor der Dreschtenne ist geschlossen, ein Rechen lehnt an demselben.

FÜNFTE SZENE

Kathi allein.

Kathi *(kommt mit einer Laterne aus der Seitentüre rechts).* Mein gnädiger Herr Göd is nirgends zu finden, und die Stadtherrn verfolgen mich überall. Da, hoff ich doch, werd ich Ruh' hab'n vor ihnen. *(Indem sie die Laterne auf den Tisch stellt, nach der Türe links sehend.)* Ich glaub gar — *(freudig)* richtig, er is's —!!

SECHSTE SZENE

Lips. Die Vorige.

Lips *(zur Seitentüre links eintretend, für sich, ohne Kathi zu bemerken).* Dableiben mag ich nit und fort kann ich nit, das is die schönste Lag' —
Kathi. Herr Göd! Na endlich —!!
Lips *(betroffen).* Du bist da —?
Kathi. Oh, Herr Göd! Das war g'scheit von Ihnen, daß Sie Ihre habsüchtigen Freund' enterbt haben.
Lips *(frostig).* Na, wann du's nur g'scheit find'st, das is ja sehr schmeichelhaft für mich.
Kathi *(ohne seinen veränderten Ton zu bemerken).* Jetzt muß ich Ihnen gleich meinen Plan anvertraun.
Lips *(wie oben).* Hast recht, zieh mich ins Vertraun, vertrau mir's halt an, daß der Vetter Krautkopf noch halbwegs ein Mann is, den man halb aus Neigung, halb aus Dankbarkeit für ein' ganzen nehmen kann, und weil halt — und da schon einmal — und etc.! Warum traust dich denn nit heraus mit 'n Vertraun?
Kathi *(befremdet).* Aber, Herr Göd, wer sagt Ihnen

3. Akt, 6. Szene

denn, daß ich den Vettern will? Ich betracht den Vettern als einen Vater, weil ich keinen Vater, sondern nur einen Vetter hab.

L i p s. Also haben wir eine jugendliche Inklination? Nur anvertraut, schenk mir das gar angenehme Vertrau'n! Unter welchem Militär steckt er, wo muß er los'kauft wer'n? Du bist Erbin, 's Vermögen is da! Oder is er desertiert, willst ihm nach? Heirat mit Namensveränderung in der Schweiz, oder ohne Namensveränderung Vereinigung in die Vereinigten Staaten! 's geht alls, 's Vermögen is da!

K a t h i. Sie glauben also, ich bin in einen jungen lüftigen Purschen verliebt? *(Sieht Lips an und schüttelt verneinend den Kopf.)*

L i p s. Also in kein' Alten und in kein' Jungen? Du hast aber doch g'sagt, du hast einen Plan.

K a t h i. Oh, einen Plan hab ich freilich. Ich nehm all Ihr bares Geld, verkauf Ihre Häuser, Ihre Güter und petschier das Ganze ein in einen großmächtigen Brief, den schick ich Ihnen dann nach, daß's Ihnen recht gut geht in Ausland — das is mein Plan.

L i p s *(in freudiger Verwunderung).* Kathi —! Das wolltest du —!? Aber *(sich mäßigend)* wen heirat'st denn hernach?

K a t h i. Niemand.

L i p s. Also g'fallt dir gar keiner —!?

(Kathi will sprechen, unterdrückt aber, was sie sagen wollte, und schweigt gedankenvoll.)

L i p s. Hat denn die ganze Welt ein Bulldoggmaul oder kommt dir unser ganzes G'schlecht kralewatschet vor?

K a t h i. Ich glaub gar, Sie haben gehorcht, wie ich über Ihnen los'zogen hab? Dann müssen S' aber auch g'merkt haben, daß das nur aus Besorgnis um Ihnen g'schehen is.

L i p s *(seinen Irrtum einsehend).* Ja — ja — ich hab's aber nicht g'merkt.

K a t h i. Müssen nicht bös sein, Herr Göd, Sie merken überhaupt vieles nit.

L i p s. Eine Bemerkung möcht ich für mein Leben gern machen, aber —

K a t h i *(schalkhaft).* Welche denn zum Beispiel?

Lips *(in freudiger Aufwallung).* Und ich bemerk wirklich — ein klopfendes Herz — ein' verstohlnen Blick — einen wogenden — o Gott! Ich trau mir 'n nicht aufz'lösen, diesen Rebus! *(Seine Bewegung unterdrückend.)* In meine Jahr' blamiert man sich zu leicht und verschmerzt Blamagen zu schwer. *(Man hört links die später Kommenden).* Was is denn das —!?

SIEBENTE SZENE

Stifler. Sporner. Wixer. Die Vorigen. Dann Justitiarius, Knechte.

Stifler *(mit Sporner und Wixer rasch zur Seitentüre links eintretend).* Da is der freche Pursche —!
Wixer. Der Pachter Krautkopf hat uns deine Post ausg'richt't.
Justitiarius *(hereineilend).* Mäßigung, meine Herrn!
Wixer *(zu Lips).* Jetzt wer'n wir dir eine Cachucha einstudier'n.
Sporner. Unsre Reitgerten sollen die Kastagnetten sein.
Stifler *(auf Lips eindringend).* Infamer —! *(Erkennt ihn, als er ihn eben am Kragen fassen will, und ruft, ganz starr vor Erstaunen.)* Ha —!
Wixer *(der ebenfalls näher getreten).* Was is's? *(Erkennt Lips.)* Ha!
Stifler. Freund Lips —?!
Sporner *und* Wixer. Du lebst —!?
Lips. Ja, ich leb, meine undankbaren, heuchlerischen, jämmerlichen Freund'!
Stifler *(verlegen).* Verzeih —!
Sporner *und* Wixer *(verlegen).* Wir konnten nicht wissen —
Stifler. Ein unbedachtes Wort —
Justitiarius *(erstaunt).* Lipsius redivivus! *(Ihm respektvoll nähertretend.)* Euer Gnaden erlauben, daß ich mich von Dero Identität überzeuge.
Lips. Lassen S' mich ung'schoren! Ich will von der Welt

3. Akt, 7. Szene

und ihren Faxen nix mehr wissen, ich zieh mich zurück in eine stille, reizende Verborgenheit.
Justitiarius. Still kann Dero Verborgenheit allerdings werden, aber reizend —? Quod nego.
Lips. Wie meinen Sie das?
Justitiarius. Auf Hochdenenselben lastet die Inkulpation einer Schlosserersäufungs-Inzicht, weshalb ich mich Dero vielwerter Person versichern muß.
Lips. Sie unterstehn sich —!?
Justitiarius. Ich handle amtlich nach höhernortiger Instruktion.
Lips. Mein Gegner is zufällig ertrunken, ich bin unschuldig.
Justitiarius. Diesfalls wird Ihnen eine Beweisführung obliegen, welche nach den absichtverratenden Worten des Testamentswiderrufes, die da lauten: „Da es möglich ist, daß ich morgen mein Grab in den Wellen finde —" sich einer bedeutenden Schwierigkeit erfreuen dürfte.
Lips *(sich vor die Stirn schlagend)*. Das hab ich dumm g'macht — Kathi, ich bin verloren!
Justitiarius *(zum Tore hinausrufend)*. Heda, Knechte! Leute! Famuli!
Kathi *(in großer Angst um Lips)*. Gott, was tu ich jetzt!?
Justitiarius *(zur Seitentüre gehend)*. Diese Türe ist von innen zu verschließen. *(Sperrt selbe zu und steckt den Schlüssel zu sich.)* Die Bauern müssen von außen Wache halten.
Kathi *(leise zu Lips)*. Sei'n S' ruhig, der Vetter Krautkopf muß Ihnen retten. *(Läuft zur Türe links ab.)*
Justitiarius *(zu Lips)*. Hochdieselben werden gnädigst bemerken, daß jeder Fluchtversuch vergeblich wäre. Wir lassen den pleno titulo Gefangenen allein. *(Verneigt sich tief und geht mit Stifler, Sporner und Wixer durch die Seitentüre links ab; die Knechte folgen. Man hört die Türe links von innen schließen.)*

ACHTE SZENE

Lips allein, wie aus einem Traum erwachend.

L i p s. Wie g'schieht mir —? Ich war so selig — ich hab gar nicht nach'zählt, im wievielten Himmel als ich war — aber nur einen Augenblick bin ich in Wolken g'schwebt, jetzt steh ich wieder da mit der Aussicht auf jahrelanges Sitzen. — Der Abstand is zu groß — Paradies und Untersuchung, Kathi und Kerker — Liebe und Kriminal! Das is Eiswassersturz im russischen Dampfbad des Geistes. Mich beutelt was, und weil ich allein bin, so kann's nur das Fieber sein. — 's is Abend — Licht und Wärme geht dem Übeltäter immer zugleich aus; wie's dämmert, fangt das unheimliche Frösteln an. Die Seel' eines Verbrechers is eine Nachteulen, beim Tag is sie stumpfsinnig, aber wie's dunkel wird, flattert s' auf, und mit der Finsternis wachst die Klarheit ihrer Katzenaugen — in jedem Winkel eine bleiche Gestalt. *(Nachdem er sich unheimlich umgesehen, nach einer Ecke starrend.)* Steht dort —? Ja, er is's —!! Nein — nein — 's is nix als ein Rechen, und ich hab glaubt, es is sein Geist, der mich zur Rechenschaft zieht. — Wenn die Leut' wüßten, was das heißt, einen Schlosser ertränken, es ließ's g'wiß jeder bleiben. Mir scheint gar d' Latern' geht mir aus. *(Öffnet die Laterne und geht dabei über die Mitte der Bühne.)* Das ging' mir noch ab! —*(Stolpert über etwas.)* Stock an! — Was ist denn das? *(An den Boden leuchtend.)* Ein eiserner Ring —? Eisen, unheimliches Metall für den, der Anspruch auf Ketten hat! *(Untersuchend.)* Das is ja — *(am Ring ziehend)* richtig, eine Falltür' — da komm ich in einen Keller hinab. — Da kann ich mich verstecken. — Alte Fässer — neue Erdäpfel — vergebliche Durchforschung — Kathi um Mitternacht — vielleicht unterirdischer Gang — Rettung — Freiheit! Die ganze praktische Romantik liegt da vor meinem Blick —! *(Öffnet die Falltüre in der Mitte der Bühne.)* Da schaut's schauerlich aus — ah, was! Was sein muß, muß sein! *(Steigt mit der Laterne hinab, im Orchester beginnt dumpfe Musik.)*

NEUNTE SZENE

Gluthammer. Der Vorige.

Lips *(unten, stößt einen durchdringenden Schrei aus).* Ah —!!
Gluthammer *(unten, ebenfalls erschrocken aufschreiend).* Ah —!!
Lips *(unten).* Höllengespenst —!
Gluthammer *(unten).* Satanas —!
Lips *(eilig mit der Laterne ganz verstört heraufkommend).* Zu Hilf'! Zu Hilf'! *(Schlägt die Falltüre hinter sich zu.)* Da drunt' — sein Geist — so deutlich hab ich die Gestalt noch nie gesehn!
Gluthammer *(die Falltüre von unten öffnend und heraufkommend. Nur bis an die Brust sichtbar; er ist in Krautkopfs Bettdecke eingehüllt und hat die Schlafhaube auf. In großer Angst).* Sein Geist verfolgt mich — Luft — Luft!
Lips. Der Schatten steigt herauf — hinab mit dir! *(Läuft mit dem Mute der Desperation auf die Falltüre zu und tritt dieselbe mit den Füßen nieder.)* Wart, Abgrund! Ich werd dich lernen, Kobolde heraufschicken! — *(Schwer aufatmend.)* Haben wir auf der Oberfläche nicht so schon Schauerliches in Überfluß —?
Gluthammer *(erscheint wie früher, aber unter der Falltüre links).* Mich bringt die Angst um! —
Lips *(entsetzt).* Dort wieder —!? Höllisches Gaukelspiel —! *(Eilt wie früher darauf los und tritt die Falltüre zu.)* Ich hab ja nur einen umgebracht *(kleinlaut werdend),* zu was diese gräßliche Multiplikation!?
Gluthammer *(erscheint wie früher unter der Falltüre, aber in der Mitte der Bühne).* Ich muß herauf —
Lips *(außer sich).* Hinab mit dir! Was tot is, g'hört unter die Erd'! *(Wirft sich mit ausgebreiteten Armen auf die Falltüre nieder, drückt dieselbe auf diese Art zu und Gluthammer wieder hinab.)* Der ganze Erdboden is unterminiert, die Schlosser schießen wie d' Spargel in d' Höh'! Das halt' aus, wer will! *(Will sich mühsam aufraffen.)* Meine Knie — meine Sinne — meine Kraft — ich bin tot! *(Sinkt wieder zusammen.)*

(Man hört einen zahlreichen Jubelruf von innen: „Es lebe der gnädige Herr!")
(Hier endet die Musikbegleitung.)
L i p s *(auffahrend).* Was war das —!?
(Ruf von innen: „Es lebe der gnädige Herr!!")
L i p s *(matt).* Ich soll leben!? — Dummköpf', ich hab keine Zeit, ich bin grad mit 'n Tod beschäftigt! *(Rafft sich mühsam auf. Man hört die Türe Seite links öffnen.)*

ZEHNTE SZENE

Krautkopf. Justitiarius. Stifler. Sporner. Wixer. Kathi Mehrere Bauern kommen mit. Der Vorige ohne Gluthammer. Alle eilen Seite links herein, der Justitiarius zuletzt.

K r a u t k o p f *(in freudiger Verwirrung).* Hab ich ein' Kopf? Hab ich kein'?! Hab ich ein' gnädigen Herrn, hab ich kein'?!
K a t h i *(auf Lips zeigend).* Da is er!
J u s t i t i a r i u s *(zu Krautkopf).* Wie kann Er die Leute zu Vivatrufen alarmieren?
K r a u t k o p f *(ohne auf den Justitiarius zu hören).* Und ich verworfener Grobian — erlauben mir Euer Gnaden, Ihnen im zerknirschtesten Triumph aufs Schloß zu tragen.
J u s t i t i a r i u s *(zwischen Lips und Krautkopf tretend).* Halt! Ihre Gnaden gehören der Justiz.
K r a u t k o p f. Er is unschuldig, das werd ich gleich beweisen.
J u s t i t i a r i u s. Der Schlosser ist einmal tot!

ELFTE SZENE

Gluthammer. Die Vorigen.

G l u t h a m m e r *(hat die Falltür rechts von unten aufgehoben und kommt herauf).* Wer hat Ihnen denn das gesagt? Der gnädige Herr ist tot!
K r a u t k o p f. Wer hat dir denn das g'sagt? Der gnädige Herr lebt!
G l u t h a m m e r. Plausch nicht! *(Zum Justitiarius.)*

3. Akt, 11. Szene

Nehmen S' mich, ich will lieber ein Gefangener als ein Lebendigbegrabener sein.
Lips *(Gluthammer mit freudigem Staunen betrachtend).* Der Schlosser!? — Er is's wirklich —!? Er lebt!?
Gluthammer *(ebenso).* Der gnädige Herr — !? Er is's richtig — !? Er is nicht tot!?
Lips *(ihm freundlich die Hand reichend).* Nein, lieber Ermordeter!
Gluthammer. Ich auch nicht, Euer umgebrachten Gnaden!
Justitiarius. Keiner is tot, dann hat auch keiner den andern umgebracht, der Kriminalfall zerfällt in nichts.
Stifler *(sich Lips mit devoter Freundlichkeit nähernd).* Wirst du unsern Glückwunsch verschmäh —?
Lips. Im Gegenteil, ihr könnt sehr viel zu meinem Glück beitragen.
Stifler, Sporner, Wixer *(äußerst zuvorkommend).* O sag nur, wie?
Lips. Wenn ihr euch an der Stell' zum Teufel packt!
Justitiarius. Prosit!
(Stifler, Sporner, Wixer ziehen sich betroffen zurück und entfernen sich Seite links.)
Lips *(zu Gluthammer).* Ich bin jetzt nicht mehr dein Nebenbuhler, nimm deine Witwe samt einer reichen Aussteuer von mir!
Gluthammer. Die Aussteuer nehm ich und kauf mir ein Schlosserg'werb', aber für d' Witwe dank ich; mir is die ganze Mathildenlieb' vergangen.
Lips. Und in mir is eine Kathilieb' erwacht. Jetzt seh ich's erst, daß ich nicht bloß in der Einbildung, daß ich wirklich ein Zerrissener war. Die ganze eh'liche Hälfte hat mir g'fehlt, aber gottlob, jetzt hab ich s' g'funden, wenn auch etwas spät. — Kathi! Hier steht dein Verlebter, Verliebter, Verlobter, hier steht meine Braut! *(Umarmt Kathi.)*
Krautkopf. Seine Braut! Schreits Vivat!!
Alle *(zusammen). Vivat!!*

Der Vorhang fällt.

NACHWORT

Es ist nicht leicht, auf wenigen Seiten eine einigermaßen zulängliche Vorstellung von der Lebensleistung des Schauspielers und Komödiendichters Johann Nestroy (7. XII. 1801 bis 25. V. 1862) zu geben. Schon die bibliographische Wiedergabe der Titel seiner Stücke und ihrer Aufführungsdaten — er hat deren in den Jahren 1827 bis 1862 im ganzen 83 geschrieben — würde die Hälfte des zur Verfügung stehenden Raumes, die Aufzählung der 879 Rollen, die er 1822—1862 kreiert und an mehr als 6000 Theaterabenden zur Geltung gebracht hat, dagegen fast das Vierfache erfordern.

In den Literaturgeschichten der ersten fünfzig Jahre nach seinem Tode kommt Nestroy schlecht weg. Wien- und theaterfremde Ästhetiker haben, meist nur vom Hörensagen urteilend, allen erdenklichen Schimpf auf seinen Namen gehäuft. Ihm widerfuhr, was Satirikern des Wortes und gar der Gebärde selten erspart bleibt, daß man sie nämlich für die Gebrechen verantwortlich macht, die zu enthüllen sie durch ihre Begabung genötigt wurden.

Als Sohn eines Wiener Hof- und Gerichtsadvokaten geboren, sprang Nestroy nach der ersten Staatsprüfung aus dem juristischen Studium ab und debütierte 1822 mit Erfolg als Sarastro an der Wiener Hofoper, ging dann aber zunächst an das Deutsche Theater in Amsterdam. Im Jahre 1825 nach Österreich zurückgekehrt, sah er sich durch das Nachlassen der Tragfähigkeit seiner Stimme zum Sprechdrama abgedrängt. Große Erfolge in Rollen der Altwiener Volkskomödie, die damals in Raimund ihren ersten Hochgipfel erreichte, machten ihn seiner Komikerbegabung gewiß, und schon im Herbst 1831 stand er auf der Bühne des altberühmten Theaters an der Wien als ein Meister des Lachens, der einzige, der Raimund an die Seite gestellt werden konnte. Damit wurde ihm das Lachen zum Schicksal.

Das Lachen aber, ein Erlebnis, das jeder aus eigener täglicher Erfahrung genau zu kennen glaubt, enthüllt sich der psychologischen Analyse bei näherem Zusehen als ein sehr merkwürdiges, hintergründiges, ja fast unheimliches Phänomen. Es gibt natürlich das unbekümmerte schallende Gelächter, das ganz einfach Ausdruck eines großen Wohlbehagens ist und, wie es scheint, keines besonderen Anlasses bedarf. Ganz anderer Art aber ist das Lachen, das uns immer wieder überraschend und oft gegen unseren Willen entrissen wird und das nicht selten ein Gefühl der Scham hinterläßt. Es kann geschehen, daß wir über einen Stotterer lachen und erst erschrocken innehalten, wenn uns eine Ahnung von der Qual überkommt, die der nach Ausdruck Ringende leidet. Mit Staunen werden wir inne, daß das Versagen eines Menschen, sei es verschuldet oder unverschuldet, manchmal in uns eine Lust auslösen kann, die sich in einem ungewollten, aber nicht zu hemmenden Gelächter Luft macht. Man hat dieses Lachen als den Ausdruck eines gewissen Überlegenheitsgefühles zu erklären versucht. Dergleichen mag manchmal mitspielen, erklärt aber nicht das Zwanghafte am Lachen. Näher führt eine andere Beobachtung an das Problem heran. Wenn ein Clown im Zirkus unzähligemale immer wieder steif wie ein Brett auf den Rücken fällt, so ist doch sicher eher als zu pharisäischer Überlegenheit Grund zur Bewunderung solch akrobatischer Geschicklichkeit vorhanden, die, wie wir genau wissen, zur Schaustellung solcher scheinbarer Ungeschicklichkeit notwendig ist, und dennoch klappt der Mechanismus des Lachzwanges so unfehlbar, daß eine große Vergnügungsindustrie darauf aufgebaut werden konnte. Erst die neuere Tiefenpsychologie hat eine einleuchtende Erklärung für diese Erscheinung gefunden. Der Mensch höherer Kulturen, sagt diese Deutung, steht unter einem beständigen Überdruck. Er muß unablässig eine gewisse seelische Energie aufbieten, um vor der Welt und sich selbst respektgebietend dazustehen. Erlebt er aber, daß ein anderer plötzlich versagt und doch irgendwie weiterlebt, so wird in dem Zuschauer die aufgebotene seelische Energie mit einem Schlage frei und rollt, wie ein Psychologe diesen Vorgang anschaulich beschrieben hat, in der Form eines befreienden Gelächters ab und erzeugt ein unhemmbares Lustgefühl: Das Leben, an dem er manchmal doch so schwer trägt, erscheint plötzlich leicht, und das Risiko für das Wagnis der Erleichterung trägt ein anderer. Man fühlt sich entlastet, wenn man entdeckt, daß eigentlich in jedem Menschen ein Stück Hampelmann steckt und daß es mit der „Würde" des Menschen im Grunde gar nicht so weit her ist. Das Beispiel macht aber auch deutlich, daß in der Komik ein gewisser kultureller Defaitismus zum Ausdruck kommen kann. Man hat das Lachen über menschliches Versagen oft treffend mit einem Dammbruch verglichen. Die auch in Menschen von hoher persönlicher Kultur immer wieder hervorbrechende Lust an der Komik des Obszönen deutet unzweifelhaft auf diesen Ursprung des Lachzwanges, der sich, wenn er Zeugen hat, wie eine Ansteckung verbreiten und alle Hemmungen der Sitte für einen Augenblick hinwegschwemmen kann. Die Menschen hoher Kulturen leiden, ob sie es wissen oder nicht, unter ihrem Drucke, und darum hat es immer Vorkehrungen gegeben, die dem Lachen, das Lockerung des Triebhaften und Anerkennung der Notwendigkeit seiner Bändigung zugleich ist, bisweilen ein Ventil öffnen.

Die höchste Form dieser Triebentlastung, die sich die Menschheit geschaffen hat, ist die künstlerisch gestaltete Komik in Wort und Gebärde. Da der Vorgang zwar zwangsläufig, unhemmbar und doch der Tarnung unbedingt bedürftig ist, sind die Formen, in denen Komik in Erscheinung tritt, bei aller Typik doch sehr mannigfaltig und oft recht kompliziert.

Grund und Urform aller Komik scheint der sogenannte „komische Kontrast" zu sein. Der Athlet, der ein ungefüges Gewicht stemmt, das plötzlich als federleicht erkannt wird, der Hochspringer, der nach gewaltigem Anlauf unter der Schnur durchläuft, sind die bekanntesten Beispiele für diesen „komischen Kontrast". Es muß ein „fallender Kontrast" sein, wenn wir der plötzlichen Entlastung teilhaftig werden sollen, und er muß so überraschend in Erscheinung treten, daß der kontrollierenden

Vernunft kein Spielraum zur Erklärung bleibt. Dagegen braucht es, wie die Erfahrung lehrt, die Wirkung nicht unbedingt zu hemmen, wenn die „komische Person" für einen Augenblick die Illusion aufhebt und augenzwinkernd zu verstehen gibt, daß es sich ja nur um ein Spiel handle. Jeder Theaterbesucher kennt dieses Phänomen von der Parodie her. Die antike Komödie hat in der „Parabase", durch welche der Autor — das „Spiel" unterbrechend — direkt zum Zuschauer spricht, die Alt-Wiener Posse in dem „Couplet" dafür geradezu eine künstlerische Form der zeitweiligen Aufhebung der Illusion geschaffen, die eine Betonung des Spielcharakters der Komödie bedeutet.

Es hat immer ernsthafte Naturen gegeben, die an der Komik prinzipiell Anstoß nahmen. Plato hat bekanntlich gerügt: Sie fülle die Seele mit der Lust am Gemeinen. Aber ebenso richtig ist es: Komik bedeutet bei aller Ausgelassenheit doch eine Art Kontrolle. In der Alt-Wiener Volkskomödie hatte sie diese Funktion. Die komische Person, mochte sie nun Hanswurst oder Papageno oder Kasperle heißen, hielt der Verstiegenheit des Schwärmerisch-Heldischen lachend den Spiegel des Ewig-Menschlichen vor. In der Kongreßzeit hatte man sich allerdings daran gewöhnt, vor dem letzten Fallen des Vorhangs so ziemlich jedes, aber auch jedes Versagen zu verzeihen und durch hilfreiche Geister oder Feen gutmachen zu lassen, was menschliche Unzulänglichkeit verschuldet hatte. Die grundsätzlich andere Einstellung eines Raimund wurde von der Mehrheit der Zuschauer wahrscheinlich gar nicht bemerkt.

In diese recht bedenkliche Laxheit fuhr die Komik Nestroys wie ein Strahl kalten Wassers. Bei ihm wurde nicht verziehen, und wenn der Theaterdirektor es partout verlangte, so wirkte das obligate „versöhnliche" Schlußbild, wie beispielsweise im „Lumpazivagabundus", als leere Formalität. Was bestehen blieb, war die gnadenlose Härte in der Zeichnung seiner Charaktere und die pessimistische Messerschärfe seines Witzes, gegen den es keinen Widerstand gab. Seine Komik war nicht behaglich wie etwa die seines beständigen Partners Wenzel Scholz, sondern aufwühlend, und man spürte: Dieser Mann konnte nicht anders. Das erregende Erlebnis seines Spiels ließ sich auch nicht abschütteln, denn Nestroy verfügte neben der Komik noch über eine ganz neue Gabe: den Witz. Erlebnisse, und zwar sowohl gedankliche wie Gefühlserlebnisse kristallisierten bei ihm in sprachlichen Pointierungen aus, die man ebensowenig vergaß wie sein unerhört ausdrucksvolles Gebärdenspiel. Es war ein Schauspiel sondergleichen, wie dieser Meister des Wortes und der Gebärde Tag für Tag auf der Bühne durch die Macht seines Spieles und die Schärfe seiner Sprachkunst eine große Stadt, die sich gewöhnt hatte, komische Kritik von der Bühne herab als feinste Schmeichelei zu genießen, zwang, die Welt so illusionslos zu sehen, wie er sie sah.

Die Wiener revoltierten wiederholt und versuchten, ihren Peiniger durch große Theaterskandale einzuschüchtern. Sie wußten noch nicht, daß der neue Mann unter dem Diktat eines Dämons stand. Auch er selbst wußte es noch nicht, als er in Brünn und Graz sich in die Rollen der führenden Wiener Komiker einspielte. Er riß wohl manchmal hin, wie die Rezensionen beweisen. Aber man kann nicht sagen, daß er gefiel. Erst in Wien griff er mit der hinreißenden Komik seines Zauberstückes „Der böse Geist Lumpazivagabundus oder Das liederliche Kleeblatt" (1833) durch. Der handschriftliche Nachlaß beweist, daß die Unverbesserlichkeitskomik der Wirtshausszenen zuerst da war, d. h., die Rahmenschablone, welche die Feen und Geister für einen guten Ausgang sorgen ließ, ist ein nachträgliches Zugeständnis an den Geschmack der Masse. Kein Wunder, daß er die Form des Zauberspieles schon zwei Jahre später für immer aufgab und sich ganz der Gegenwartsposse zuwandte. Aber auch nach dieser bedeutsamen Wendung blieben noch viele unbereinigte Mißverständnisse zwischen dem Komiker und seinem Publikum bestehen. Die liberale Kritik, die Nestroy anfangs gerne gegen Raimund ausgespielt hatte, erwartete nach „Zu ebener Erde und erster Stock" (1835) von ihm ein ernstheiteres Volksstück von erzieherischer Tendenz. Aber erst unmittelbar vor und nach der Erregung der März-Revolution des Jahres 1848, der er in Komödien von erstaunlicher geistiger Unabhängigkeit („Freiheit in Krähwinkel", 1848; „Lady und Schneider", „Höllenangst", beide 1849) seinen Zoll gezahlt hat, entstanden Stücke, in denen bei aller Wahrung des Komödiencharakters der erwachende Bürgerstolz der Zeit zum Ausdruck kommt: „Der Unbedeutende" (1846), „Der Schützling" (1847), „Kampl oder Das Mädchen mit Millionen und die Nähterin" (1852), „Mein Freund" (1852) u. a.

In den Jahren ungestümen Kraftüberschwanges nach dem entscheidenden Siege seiner neuen Komik interessierte dagegen den genialen Komiker offenbar gar nichts, als in Personen, Vorgängen und Situationen jenes „elektrische Fleckerl" aufzufinden, das nach seiner Formulierung „in jedem Ernst steckt und aus dem bei gehöriger Reibung die Funken der Heiterkeit herausfahren". Das gelang ihm zunächst in der Meisterparodie „Robert der Teuxel" (1832), in der er — zwei Jahre nach der Pariser Ur- und zweieinhalb Monate nach der Wiener Erstaufführung — einen Weltbestseller (Scribe-Meyerbeer „Robert der Teufel") entlarvte, ja vernichtete, einer Leistung, die nur noch von seiner Parodie auf Hebbels Judith-Drama („Judith und Holofernes", 1849) übertroffen wurde, für die einem Kritiker vom Range eines Ludwig Speidel der Vergleich mit Aristophanes nicht zu hoch gegriffen schien. Aber solche Zielscheiben boten sich nicht alle Tage. Daher mußte er sie sich schaffen. Er brauchte Stücke, die als Schablonen der Wirklichkeit fungieren konnten. Es sind Dramatisierungen von Novellen und Romanen oder auch ganz einfach Bearbeitungen, manchmal „heimliche Parodien" deutscher, englischer oder wegen der sicheren „Mache" lieber französischer Theaterstücke, die er mit wenigen Meistergriffen für seine Zwecke zurechtrückte und derartig intensiv mit „Wiener Leben" erfüllte, daß sie wie Originale wirkten. Wer könnte z. B. den Komödien „Einen Jux will er sich machen" (1842) oder „Liebesgeschichten und Heiratssachen" (1843) anmerken, daß sie Umbildungen englischer Originale sind? Die Charaktere paßte er stets auf das sorgfältigste den ihm zur Verfügung stehenden Schauspielern an, so daß die Bühnenwirksamkeit gesichert war. Ihr eigenstes Leben aber empfingen diese Bearbeitungen aus dem Dialog, der immer Nestroys persönlichstes Eigentum ist. Im Dialog entfaltet sich der volle Zauber seiner Komik. Die Personen begehen beständig gleichsam Selbstverrat, ohne es zu ahnen, so daß offenbar wird, was sie gerne verschweigen möchten, wenn sie ahnten, was zu verbergen sie alle Ursache hätten. An dieser Aufgabe entzündet sich der Nestroy eigentümliche Witz. Tiefste psychologische und weltanschauliche Erkenntnisse wurden durch ihn zu Formulierungen, die noch heute mit unverminderter Kraft wirken, wie die Tatsache beweist, daß die zahlreichen Sammlungen geistvoller Aussprüche aus seinen Stücken, die in den letzten Jahrzehnten erschienen, immer in kürzester Zeit vergriffen waren. Eine Kostbarkeit für sich sind die geistsprühenden Couplets und die langen Monologe, die er ihnen vorauszuschicken pflegte (gesammelt im sechsten Bande der vom Verfasser dieses Nachwortes herausgegebenen sechsbändigen „Ausgewählten Werke Nestroys"). Manche von ihnen, wie das Bildungs-, das Wunder-, das Fortschritts- und Aberglauben-Couplet, erreichen die Höhen philosophisch-humoristischer Weltbetrachtung größten Stils.

Es gibt eine Vorstellung von der Gewalt, die Nestroy von der Bühne aus auf die Wiener ausübte, erkennt man aus der Statistik seiner Rollen, daß er in den Jahren 1837—1862 nicht weniger als 76 Stücke herausbrachte, von denen 24 Stücke in Wien allein über 50 und 10 über 100 Aufführungen erlebten. Das waren aber keineswegs rasch abgespielte Serien, sondern seit Mitte der Vierzigerjahre standen ständig rund 20 seiner Possen auf dem Spielplan. Noch stärker wirkte Nestroy, der auch fremden Rollen das Gepräge seiner Komik aufzudrücken vermochte, als Darsteller, denn er war ein Schauspieler aus Leidenschaft, der auch als Direktor noch jeden zweiten Tag auf der Bühne stand. In seinen Rollen wurde der Geist seiner Satire zur einprägsamen Gestalt.

In ihnen spiegelt sich seine menschliche Entwicklung. Die Zyniker aus Enttäuschung (Knieriem in „Lumpazivagabundus", der Verführer Bertram in „Robert der Teuxel", Johann in „Zu ebener Erde und erster Stock", Schlankel in „Haus der Temperamente", 1837, „Rochus Dickfell in „Nur Ruhe", 1843, Johann Nebel in „Liebesgeschichten und Heiratssachen") weichen allmählich den armen Teufeln, die gegen den Druck übermächtiger Verhältnisse nichts einzusetzen haben als ihre stets wachsame Intelligenz (Titus Feuerfuchs in „Talisman", 1840, Schnoferl in „Mädel aus der Vorstadt", 1841, Weinberl in „Einen Jux will er sich machen", Federl in „Papiere des Teufels", 1842, u. a.). Nestroys sogenannter Zynismus, d. h. der bittere Hohn eines Enttäuschten, läutert sich schließlich auf der Höhe seines Schaffens zu weisheitsvoller Weltbetrachtung auf der Ebene des Humors, der nichts mehr verurteilt, weil er alles begreift (Peter Span in „Der Unbedeutende", Kern in „Der alte Mann mit der jungen Frau", Schlicht in „Mein Freund", Kampl in den nach ihm benannten Stücke u. a.). In den Operetten Offenbachs, die Karl Treumann, der Spielpartner seiner letzten Jahre, ins Leopoldstädter Theater brachte (Jupiter in „Orpheus in der Unterwelt", 1860, Gott Pan in „Daphnis und Chloe", 1861, Häuptling Abendwind in Nestroys gleichnamigem letzten Stücke, 1862), wird ihm seine meisterliche parodistische Charakterisierungsgabe wieder zum selbstvergessenen Spiel.

Anhangweise sei noch bemerkt, daß der einzig dastehende künstlerische Erfolg Nestroys sich auch materiell auswirkte. Dank der Umsicht seiner Lebensgefährtin — er selbst gehörte zu den Männern, denen das Geld zwischen den Fingern zerrinnt — war er in der Lage, nach dem Tode seines Direktors die Leitung des Leopoldstädter Theaters zu übernehmen, das unter ihm seine letzte Blütezeit erlebte (1854—1860). Die zwei Jahre der Ruhe, die ihm noch gegönnt waren, verbrachte er in Graz. Bestattet wurde er in Wien unter allgemeiner Trauer.

„Der Zerrissene" (Erstaufführung im Theater an der Wien am 9. IV. 1844, zu Nestroys Lebzeiten in Wien allein 106 Mal wiederholt) ist die Bearbeitung eines Pariser Vaudevilles („L'homme blasé") von der Firma Duvert und Lausanne. Der Pariser Korrespondent der „Wiener Theaterzeitung", selbst ein gerissener Wiener, hatte von dem großen Erfolge berichtet, den der Komiker Arnal am Théâtre du Vaudeville in der Titelrolle errungen hatte. Kurz darauf las man, daß der Londoner Komiker Matthew das Stück für sich bearbeiten ließ. Was Wunder, daß es auch Nestroy gelüstete, in diesen internationalen Wettbewerb einzutreten. Aber das Theater in der Josefstadt bekam Wind und brachte am Tage der Erstaufführung von Nestroys „Zerrissenen" eine Übersetzung der Pariser Vorlage heraus. Sie fiel glatt durch. Das war kein Wunder, denn das französische „Liederspiel", das seine Zugkraft offenbar allein aus dem Spiel Arnals zog, wirkte für deutschen Geschmack mit der Eleganz seiner Diktion und seinen Liederchen „un peu coquet", wie in der szenischen Anweisung für Kostüm und Spiel Louises (Kathis) übrigens ausdrücklich vorgeschrieben wird. Nestroys Bearbeitung aber geht auf Drastik. In den Titel setzt er den kurz vorher von einem jungdeutschen Schriftsteller geprägten Slogan von den „Zerrissenen". Sein Schöpfer hatte ihn halb ernst gemeint. Für Nestroy war er ganz einfach ein Witz für sich. Sein Lips ist kein Weltschmerzler und eigentlich auch kein Blasierter. Er hat nur, verwöhnt durch seinen Reichtum, am Leben vorbeigelebt und braucht die Kur der Todesangst, um ein Gefühl dafür zu bekommen, was er versäumt hat. Es ist echter Nestroy, wenn Lips einen Augenblick zögert, nach dem Glücke, das sich ihm bietet, zu greifen: „In meine Jahr blamiert man sich zu leicht und verschmerzt Blamagen zu schwer." Solche Bedenken kennt der von Wenzel Scholz hinreißend gespielte Gluthammer nicht. Eine haushohe Dummheit hat den breitspurigen Genießer für einen Augenblick aus der Bahn vulgären Behagens geworfen, in den er nach überstandener Todesangst aufatmend wieder zurücksinkt. Für den verdächtigen Biedermann Krautkopf und den Justitiarius, diese „Maschine der Gerechtigkeit", standen im Ensemble Nestroys die ausgezeichneten Episodisten

Louis Grois und Friedrich Hopp zur Verfügung, welche diese Art von Komik der „Versteifung" unwiderstehlich zur Geltung brachten. Aus der falschen Naivität der französischen Louise hat Nestroy in seiner Kathi eine echte gemacht, deren ein Anzengruber oder Rosegger sich nicht zu schämen gehabt hätten. „Beifallssalven, Applausdonner, Hervorrufungen im Plural!" melden in allen erdenklichen Variationen die Besprechungen.

Otto Rommel

Johann Nestroy

IN RECLAMS UNIVERSAL-BIBLIOTHEK

Der böse Geist Lumpazivagabundus oder Das liederliche Kleeblatt. Zauberposse. 70 S. UB 3025

Freiheit in Krähwinkel. Posse. (J. Hein) 88 S. UB 8330

Höllenangst. Posse. (J. Hein) 144 S. UB 8382

Judith und Holofernes. Häuptling Abendwind. Einakter. (J. Hein) 85 S. UB 3347

Einen Jux will er sich machen. Posse. (W. Zentner) 103 S. UB 3041

Das Mädl aus der Vorstadt oder Ehrlich währt am längsten. Posse. (F. H. Mautner) 93 S. UB 8553

Die schlimmen Buben in der Schule. Frühere Verhältnisse. Einakter. (J. Hein) 96 S. UB 4718

Der Talisman. Posse. (O. Rommel) 117 S. UB 3374

Der Zerissene. Posse. (O. Rommel) 86 S. UB 3626

Zu ebener Erde und erster Stock oder Die Laune des Glückes. Lokalposse. (J. Hein) 149 S. UB 3109

»Die Welt steht auf kein' Fall mehr lang«. Nestroy zum Vergnügen. (J. Hein) 173 S. UB 9409

Philipp Reclam jun. Stuttgart

Ferdinand Raimund

IN RECLAMS UNIVERSAL-BIBLIOTHEK

Der Alpenkönig und der Menschenfeind. Romantisch-komisches Original-Zauberspiel in zwei Aufzügen.
Nachwort von Wilhelm Zentner.
100 S. UB 180

Das Mädchen aus der Feenwelt oder Der Bauer als Millionär. Romantisches Original-Zaubermärchen mit Gesang in drei Aufzügen.
Nachwort von Wilhelm Zentner.
79 S. UB 120

Der Verschwender. Original-Zaubermärchen in drei Aufzügen.
Nachwort von Wilhelm Zentner.
94 S. UB 49

Philipp Reclam jun. Stuttgart